Libretto

LE LOCATAIRE CHIMÉRIQUE

ROLAND TOPOR

LE LOCATAIRE CHIMÉRIQUE

roman

Libretto

Roland Topor, artiste aux mille talents, fut écrivain, poète, chansonnier, illustrateur, peintre et cinéaste. Né en 1938 de parents émigrés polonais, il passe ses premières années à Paris puis en Savoie durant l'occupation nazie. Après avoir étudié aux Beaux-Arts de Paris, il publie des dessins dans plusieurs revues et collabore au journal *Hara-Kiri* dont il partage l'ironie et le cynisme. *Les Masochistes*, son premier livre, obtint en 1961 le grand prix de l'humour noir, et très vite il publia de nombreux romans, comme *Le Locataire chimérique, Joko fête son anniversaire* et *Portrait en pied de Suzanne,* des pièces de théâtre et des recueils de nouvelles et de dessins. Roland Topor, qui jonglait avec les modes d'expression mais sans jamais se départir de son humour à la fois tendre et cruel, réalisa également plusieurs longs-métrages et émissions télévisées, notamment le film *La Planète sauvage,* récompensé par le prix spécial du jury de Cannes en 1973. Cet artiste complet et atypique, mort le 16 avril 1997, a laissé une œuvre foisonnante à la virulence intacte.

PREMIÈRE PARTIE

LE NOUVEAU LOCATAIRE

I

L'APPARTEMENT

Trelkovsky allait être jeté à la rue lorsque son ami Simon lui parla d'un appartement libre rue des Pyrénées. Il s'y rendit. La concierge, revêche, refusa de lui faire visiter les lieux, pourtant un billet de mille la fit changer d'avis.

– Suivez-moi, dit-elle alors, mais sans quitter son air grognon.

Trelkovsky était un jeune homme d'une trentaine d'années, honnête, poli, qui détestait par-dessus tout les histoires. Il gagnait modestement sa vie, aussi la perte de son logement constituait-elle une catastrophe car son salaire ne lui permettait pas les fastes de la vie d'hôtel. Il possédait cependant à la Caisse d'Épargne quelques économies sur lesquelles il comptait pour payer la reprise, si elle n'était pas trop élevée.

L'appartement se composait de deux pièces obscures sans cuisine. Une seule fenêtre dans la pièce du fond donnait sur un mur percé d'un vasistas situé exactement en face d'elle. Trelkovsky comprit qu'il s'agissait du vasistas des W.C. de l'immeuble d'à côté. Les murs avaient été recouverts d'un papier peint jaunâtre sur lequel s'étalaient par endroits de larges taches d'humidité. Le plafond apparaissait fendu sur toute son étendue de lignes qui se ramifiaient comme les nervures d'une feuille. De petits morceaux de plâtre qui s'en étaient détachés craquaient sous les chaussures. Dans la chambre sans fenêtre, une cheminée de faux marbre encadrait un appareil de chauffage au gaz.

– La locataire qui habitait ici s'est jetée par la fenêtre, expliqua la concierge devenue subitement plus aimable. Tenez, on peut voir l'endroit où elle est tombée.

Elle emmena Trelkovsky à travers un dédale de meubles divers jusqu'à la fenêtre, et lui désigna triomphalement les débris d'une verrière qui se trouvaient trois étages plus bas.

– Elle n'est pas morte, mais elle ne vaut guère mieux. Elle est à l'hôpital Saint-Antoine.

– Et si elle se rétablissait ?

– Il n'y a pas de danger, ricana l'odieuse femme. Ne vous en faites pas !

Elle lui fit un clin d'œil.

– C'est une affaire.

– Quelles sont les conditions ?

– Raisonnables. Il y a juste une petite reprise pour l'eau. Toute l'installation est neuve. Avant il fallait aller sur le palier pour avoir de l'eau courante. C'est le propriétaire qui a fait faire les travaux.

– Et les W.C. ?

– Juste en face. Vous descendez et prenez l'escalier B. De là-bas vous pouvez voir l'appartement. Et inversement.

Elle fit un clin d'œil obscène.

– C'est un paysage qui vaut le coup d'œil !

Trelkovsky n'était pas enchanté. Mais tel qu'il était, l'appartement constituait quand même une aubaine.

– Elle est de combien la reprise?

– Cinq cent mille. Le loyer est de quinze mille francs
par mois.

– C'est cher. Je ne pourrais mettre que quatre cent
mille.

– Ce n'est pas moi que ça regarde. Arrangez-vous avec
le propriétaire.

Encore un clin d'œil.

– Allez le voir. Ce n'est pas loin puisqu'il habite à l'étage
en dessous. Bon, je m'en vais. C'est une occasion à saisir,
ne l'oubliez pas.

Trelkovsky l'accompagna jusque devant la porte du
propriétaire. Il sonna. Une vieille femme au visage méfiant
vint lui ouvrir.

– On ne donne rien aux aveugles, jeta-t-elle très vite.

– C'est pour l'appartement...

Une lueur rusée passa dans ses yeux.

– Quel appartement?

– Celui de l'étage au-dessus. Est-ce que je peux voir
M. Zy?

La vieille laissa Trelkovsky devant la porte. Il entendit
chuchoter, puis elle revint lui dire que M. Zy allait le recevoir. Elle le conduisit dans la salle à manger où M. Zy se
trouvait attablé. Il était en train de se curer méticuleuse-
ment les dents. Du doigt, il montra qu'il était occupé. Il
farfouilla dans sa molaire et en sortit un lambeau de viande
piqué au bout d'une allumette aiguisée. Il l'examina attentivement, puis le ravala. Alors seulement, il se tourna vers
Trelkovsky.

– Vous avez vu l'appartement?

– Oui. Je voudrais précisément discuter des conditions
avec vous.

– Cinq cent mille, et quinze mille par mois.

– C'est ce que m'a dit Mme la concierge. J'aimerais savoir si c'est votre dernier prix, parce que je ne peux pas mettre plus de quatre cent mille.

Le propriétaire eut l'air ennuyé. Pendant deux minutes il suivit distraitement du regard la vieille qui débarrassait la table. Il semblait se souvenir de tout ce qu'il venait de manger. Par moments, il hochait la tête en signe d'approbation. Il revint à l'objet de la discussion.

– La concierge vous a dit, pour l'eau?

– Oui.

– C'est drôlement difficile de trouver un appartement par les temps qui courent. Il y a un étudiant qui m'a donné la moitié pour une seule chambre au sixième. Et il n'a pas l'eau.

Trelkovsky toussota pour s'éclaircir la voix; lui aussi était ennuyé.

– Comprenez-moi bien. Je n'essaie pas de dénigrer votre appartement mais enfin il n'y a pas de cuisine. Les W.C. posent également un problème… Supposez que je tombe malade, ce qui n'est pas dans mes habitudes, je vous le dis tout de suite, supposez que je doive aller me satisfaire en pleine nuit: eh bien ce n'est pas pratique. D'un autre côté, je ne vous donnerai peut-être que quatre cent mille, mais je vous les donnerai cash.

Le propriétaire l'arrêta.

– Ce n'est pas pour l'argent. Je ne vous le cacherai pas, monsieur…

– Trelkovsky.

– … Trelkovsky, je ne suis pas gêné. Je n'attends pas après votre argent pour pouvoir manger. Non, je loue parce que j'ai un appartement libre et que ça ne court pas les rues.

– Bien sûr.

– Seulement, il y a le principe. Je ne suis pas un grippe-sou, mais je ne suis pas non plus un philanthrope. Cinq cent mille c'est le prix. Je connais d'autres propriétaires qui demanderaient sept cent mille, ce qui serait leur droit. Moi je veux cinq cents, je n'ai aucune raison de prendre moins.

Trelkovsky avait suivi l'exposé en approuvant de la tête, un large sourire aux lèvres.

– Bien sûr, monsieur Zy, je comprends très bien votre point de vue, je le trouve très raisonnable. Mais… permettez-moi de vous offrir une cigarette.

Le propriétaire déclina l'offre.

– … nous ne sommes pas des sauvages. En discutant, on peut toujours s'entendre. Vous voulez cinq cents. Bon. Mais si quelqu'un vous donne cinq cents en trois mois, trois mois c'est aussi bien trois ans, croyez-vous que cela soit préférable à quatre cents en une seule fois ?

– Je ne dis pas. Je sais mieux que vous que rien ne vaut la somme entière, cash. Seulement, je préfère cinq cent mille cash à quatre cent mille cash.

Trelkovsky alluma sa cigarette.

– Bien sûr. Ce n'est pas mon intention de prétendre le contraire. Pourtant veuillez considérer que l'ancienne locataire n'est pas encore morte. Peut-être va-t-elle revenir ? Peut-être va-t-elle faire un échange ? Or vous savez que vous n'avez pas le droit de vous opposer à un échange. Dans ce cas-là, ce n'est pas quatre cent mille que vous aurez, c'est rien. Tandis que moi, je vous donne les quatre cent mille, pas d'histoire, tout s'arrange à l'amiable. Pas d'ennui pour vous ni pour moi. Que pouvez-vous me proposer de mieux ?

– Vous me parlez d'une éventualité qui a peu de chances de se réaliser.

– Peut-être, mais elle est à envisager. Tandis qu'avec les quatre cent mille cash, pas de problème, pas d'histoire…

– Bon, laissons ce point de côté monsieur… Trelkovsky. Je vous l'ai déjà dit, ce n'est pas le plus important pour moi. Êtes-vous marié ? Excusez-moi de vous le demander, c'est à cause des enfants. C'est une maison calme ici, nous sommes de vieilles gens ma femme et moi…

– Pas si vieux que ça, monsieur Zy !

– Je sais ce que je dis. Nous sommes de vieilles gens, nous n'aimons pas le bruit. Aussi, je vous avertis tout de suite, si vous êtes marié, si vous avez des enfants, vous pouvez me proposer un million, je ne marche pas.

– Rassurez-vous, monsieur Zy, vous n'aurez pas ce genre d'ennui avec moi. Je suis calme et je suis célibataire.

– Par ailleurs, ce n'est pas non plus une maison de passe ici. Si c'est pour recevoir des poulettes que vous prenez cet appartement, dans ce cas je préfère recevoir deux cent mille mais le donner à quelqu'un qui en a vraiment besoin.

– Absolument d'accord. Du reste ce n'est pas mon cas. Je suis un homme tranquille, je n'aime pas les histoires, vous n'en aurez aucune avec moi.

– Ne prenez pas mal tout ce que je vous demande maintenant, autant s'entendre d'abord et vivre ensuite en bonne intelligence.

– Vous avez tout à fait raison, c'est bien naturel.

– Alors vous comprendrez également qu'il ne vous sera pas possible d'avoir des animaux : chats, chiens, ou toute autre bête.

– Ce n'est pas mon intention.

– Écoutez, monsieur Trelkovsky, je ne peux pas encore vous donner de réponse. De toute façon, il n'en est pas question tant que l'ancienne locataire est en vie. Mais vous m'êtes sympathique, vous m'avez l'air d'un jeune homme correct. Ce que je peux vous dire, c'est : revenez dans la semaine, à ce moment-là je serai en mesure de vous renseigner.

Trelkovsky remercia très longuement avant de prendre congé. Comme il passait devant la loge, la concierge le regarda curieusement sans lui faire un signe de reconnaissance, tout en continuant machinalement à essuyer une assiette avec son tablier.

Sur le trottoir, il s'arrêta pour considérer l'immeuble. Celui-ci était tout illuminé aux étages supérieurs par le soleil de septembre, ce qui lui donnait un aspect presque neuf et gai. Il chercha la fenêtre de « son » appartement, mais il se souvint qu'elle avait vue sur la cour.

Tout le cinquième étage était repeint en rose et les volets en jaune canari. L'accord n'était pas subtil, mais la note de couleur qu'il mettait sonnait joyeusement. Aux fenêtres du troisième il y avait tout un parterre de plantes grasses, et au quatrième, des grilles rehaussaient la barre d'appui, à cause des enfants peut-être, bien que ce fût peu probable puisque le propriétaire n'en voulait pas. Le toit était hérissé de cheminées de toutes les tailles, de toutes les formes. Un chat qui n'appartenait certainement pas à un locataire s'y promenait. Trelkovsky s'amusa à imaginer qu'il se trouvait à la place du chat, et que c'était lui que le soleil chauffait doucement. Mais il aperçut un rideau qui remuait au second, chez le propriétaire. Il s'éloigna rapidement.

La rue était presque déserte, à cause de l'heure sans doute. Trelkovsky alla acheter du pain et quelques tranches de saucisson à l'ail. Il s'assit sur un banc et réfléchit tout en mangeant.

Après tout, peut-être que l'argument employé auprès du propriétaire était exact, et que l'ancienne locataire allait faire un échange. Peut-être allait-elle se rétablir ? Ce qu'il lui souhaitait sincèrement. Peut-être au cas contraire, avait-elle fait un testament ? Quel était le droit du propriétaire dans cette affaire ? Trelkovsky n'allait-il pas être obligé de payer deux fois la reprise, une fois au propriétaire, une autre à l'ancienne locataire ? Il regretta de ne pas pouvoir consulter son ami Scope, le clerc de notaire, qui était malheureusement en province pour une succession.

– Le mieux est d'aller voir l'ancienne locataire à l'hôpital.

Son repas terminé, il retourna questionner la concierge. Elle lui révéla de mauvaise grâce qu'il s'agissait d'une certaine Mlle Choule.

– Pauvre femme ! fit Trelkovsky en notant le nom au dos d'une enveloppe.

II

L'ANCIENNE LOCATAIRE

Le lendemain, à l'heure réglementaire, Trelkovsky franchissait la porte de l'hôpital Saint-Antoine. Il était habillé de son unique costume sombre et il tenait dans la main droite un kilo d'oranges enveloppées dans du papier journal.

Les hôpitaux lui avaient toujours produit une pénible impression. Il lui semblait que de chaque fenêtre sortait un râle, qu'on profitait de ce qu'il avait le dos tourné pour évacuer les cadavres. Les médecins, les infirmières lui apparaissaient comme des monstres d'insensibilité, pourtant il admirait leur dévouement.

Au guichet des renseignements, il demanda où se trouvait Mlle Choule. La préposée consulta ses fiches.

– Vous êtes de sa famille?

Trelkovsky hésita. S'il répondait par la négative, n'allait-on pas le renvoyer?

– Je suis un ami.

– Salle 27, lit 18. Voyez d'abord l'infirmière-chef.

Il remercia. La salle 27 était immense comme un hall de gare. Quatre rangées de lits la divisaient sur toute son étendue. Autour des lits blancs, des petits groupes dont l'habillement sombre formait contraste allaient et venaient. C'était l'heure d'affluence des visites. Un chuchotement continu semblable au bruit de la mer issu d'un coquillage l'étourdit. L'infirmière-chef, le menton agressivement projeté en avant, l'agrippa.

– Que faites-vous là?

– Madame l'infirmière-chef, peut-être? Je m'appelle Trelkovsky. Je suis heureux de vous voir car la dame des renseignements m'avait conseillé de le faire. C'est au sujet de Mlle Choule.

– Le lit 18?

– C'est ce qu'on m'a dit. Puis-je la voir?

L'infirmière-chef se renfrogna. Elle porta un crayon à ses lèvres et le suçota longuement avant de répondre.

– Il ne faut pas la fatiguer, elle est restée dans le coma jusqu'à hier. Allez-y mais soyez raisonnable; il ne faut pas lui parler.

Trelkovsky n'eut pas trop de peine à trouver le lit 18. Une femme y était étendue, le visage recouvert de bandages, la jambe gauche surélevée par un système compliqué de poulies. L'unique œil visible était ouvert. Trelkovsky s'approcha doucement. Il ne savait pas si la femme l'avait remarqué, car elle ne cilla pas, et l'on ne pouvait rien voir de son expression tellement elle était emmaillotée. Il déposa les oranges sur la table de chevet et s'assit sur un tabouret.

Elle paraissait plus âgée qu'il ne l'avait imaginée. Elle respirait difficilement, la bouche grande ouverte, comme un puits noir dans les linges blancs. Il nota avec gêne qu'une incisive supérieure manquait.

– Vous êtes un de ses amis?

Il sursauta. Il n'avait pas aperçu l'autre visiteuse. Son

front déjà moite se couvrit de sueur. Il se sentait dans la peau du coupable en danger d'être dénoncé par un témoin imprévu. Toutes sortes d'explications folles lui traversèrent l'esprit. Mais déjà la jeune fille poursuivait :

– Quelle histoire ! Est-ce que vous savez pourquoi elle a fait ça ? D'abord je n'ai pas voulu y croire. Dire que je l'avais quittée la veille de si bonne humeur ! Qu'est-ce qui lui a pris ?

Trelkovsky poussa un soupir de soulagement. La jeune fille l'avait immédiatement catalogué comme appartenant à la grande fédération des amis de Mlle Choule. Ce n'était pas une question qu'elle lui avait posée, elle avait simplement énoncé une évidence. Il la considéra plus attentivement.

Elle était agréable à regarder, car sans être jolie, elle était excitante. C'était le genre de fille auquel Trelkovsky recourait en imagination dans ses moments les plus intimes. Pour le corps tout au moins, un corps qui aurait pu aisément se passer de tête. Il était potelé, mais sans mollesse.

La jeune fille était vêtue d'un chandail vert qui faisait saillir les seins dont, à cause du soutien-gorge, ou de l'absence, on distinguait les pointes. La jupe bleu marine remontait bien au-dessus des genoux, par négligence non par calcul. Toujours est-il qu'une bonne partie de chair avant l'attache du bas était visible. Cette chair laiteuse de la cuisse, ombrée, mais d'une luminosité extraordinaire à côté des régions sombres du centre, hypnotisait Trelkovsky. Il eut du mal à s'en défaire pour remonter jusqu'au visage, qui était absolument banal. Des cheveux châtains, des yeux marron, une grande bouche badigeonnée de rouge à lèvres.

– Pour tout vous dire, commença-t-il après s'être éclairci

la voix, je ne suis pas tout à fait un ami, puisque je ne la connais que très peu.

La pudeur l'empêchait d'avouer qu'il ne la connaissait pas du tout.

– Mais croyez bien que je suis profondément attristé par ce qui s'est passé.

La jeune fille lui sourit.

– Oui, c'est terrible.

Elle reporta son attention sur l'allongée, qui paraissait toujours inconsciente malgré son œil ouvert.

– Simone, Simone, tu me reconnais ? demanda la jeune fille à voix basse, c'est Stella qui est là. Ton amie Stella, tu me reconnais ?

L'œil demeurait fixe, contemplant toujours le même point invisible au plafond. Trelkovsky se demandait si elle n'était pas morte, mais un gémissement monta de la bouche, étouffé d'abord, puis s'enflant pour finir en un cri insupportable.

Stella se mit à pleurer bruyamment, Trelkovsky en était mortellement gêné. Il avait envie de lui faire «chut», il sentait que toute la salle les regardait, qu'on le croyait responsable des larmes. Il jeta un regard furtif vers les voisins les plus proches pour voir comment ils réagissaient. À sa gauche un vieillard dormait d'un sommeil agité. Il marmonnait continuellement des mots incompréhensibles en faisant avec les mâchoires le mouvement de sucer un gros bonbon. Un filet de salive mêlée de sang allait se perdre sous les draps. À droite un groupe de visiteurs déballait victuailles et boissons sous l'œil ébloui d'un gros paysan alcoolique. Trelkovsky fut rassuré de voir que personne ne s'occupait d'eux. Un peu plus tard, une infirmière s'approcha pour leur signifier la fin de la visite.

– Y a-t-il une chance de la sauver ? demanda Stella qui pleurait encore, mais à petits coups maintenant.

L'infirmière la regarda agressivement.

– Qu'est-ce que vous croyez ? Si on peut la sauver on le fera. Que voulez-vous savoir de plus ?

– Mais qu'en pensez-vous ? C'est possible ?

Agacée, l'infirmière haussa les épaules.

– Demandez au docteur, il ne vous en dira pas plus long que moi. Dans ce genre de choses, continua-t-elle d'un ton important, on ne peut rien dire. C'est déjà bien qu'elle soit sortie du coma !

Trelkovsky était déçu. Il n'avait pas pu parler avec Simone Choule, et le fait que la pauvre femme fût à deux doigts de la mort ne le consolait pas. Ce n'était pas un mauvais garçon, il aurait sincèrement préféré demeurer, lui, dans l'embarras si cela avait été un moyen de la sauver.

– Je vais parler avec cette Stella, se dit-il, peut-être pourra-t-elle me renseigner.

Mais il ne savait pas comment engager la conversation car elle continuait à pleurer. Il était difficile d'aborder sans préambule le sujet de l'appartement. D'un autre côté, il avait peur qu'en sortant de l'hôpital elle ne lui tendît la main avant qu'il ait eu le temps de se décider. Pour augmenter son trouble, une soudaine envie d'uriner lui interdit d'un seul coup toute pensée cohérente. Il s'obligea à marcher lentement, alors qu'il avait le désir fou de courir à en perdre haleine en direction du plus proche urinoir. Courageusement il attaqua :

– Il ne faut pas vous abandonner au désespoir. Allons boire quelque chose, si vous le voulez bien. Je crois qu'un verre vous remettra d'aplomb.

Il se mordit les lèvres jusqu'au sang pour stopper son envie qui devenait de plus en plus monstrueuse.

Elle tenta de parler, mais un hoquet lui coupa la parole. Alors elle se borna à accepter d'un signe de tête, avec un pauvre sourire.

Trelkovsky suait maintenant à grosses gouttes. Comme un poignard, l'envie lui fouillait le ventre. Ils étaient sortis de l'hôpital. Juste en face il y avait un grand café-tabac.

– Si nous allions en face ? suggéra-t-il avec une indifférence mal réussie.

– Si vous voulez.

Il attendit qu'ils fussent installés et la commande prise pour dire :

– Excusez-moi deux minutes, je vous en prie. Un coup de téléphone à donner.

Quand il revint, c'était un autre homme. Il avait envie de rire et de chanter à la fois. Ce n'est qu'en retrouvant le visage humide de larmes de Stella qu'il songea à prendre un air de circonstance.

Ils sirotèrent sans rien dire les verres que le garçon venait d'apporter. Stella se calmait peu à peu. Il l'observait, guettant le moment psychologique où il pourrait en venir à l'appartement. De nouveau il regarda ses seins, et il eut le pressentiment qu'il coucherait avec elle. Il y puisa la force de lui adresser la parole.

– Je ne comprendrai jamais le suicide. Je n'ai pas d'argument contre, mais il me dépasse complètement. Aviez-vous abordé ce sujet ensemble ?

Elle répondit qu'elles n'en avaient jamais parlé, qu'elle connaissait Simone depuis très longtemps, mais qu'elle ne voyait rien dans sa vie qui pût expliquer son acte. Trelkovsky suggéra qu'il s'agissait peut-être d'une désillusion sentimentale, mais Stella assura le contraire. Elle ne lui connaissait aucune liaison sérieuse. Depuis sa venue à

Paris – ses parents habitaient Tours –, elle vivait pratiquement seule, ne voyant que quelques amies. Certes, elle avait eu deux ou trois aventures mais sans prolongement. Elle passait la majeure partie de ses loisirs à lire des romans historiques. Elle était vendeuse dans une librairie.

Il n'y avait rien dans tous ces renseignements qui constituât un obstacle au projet de Trelkovsky. Il s'en voulut d'être satisfait. Cela lui paraissait inhumain. Pour se punir il repensa à la suicidée.

– Elle s'en tirera peut-être, fit-il sans conviction.

Stella secoua la tête.

– Je ne crois pas. Vous l'avez vue ? Elle ne m'a même pas reconnue. J'en suis toute retournée. Quel malheur ! Je ne me sens pas capable de travailler cet après-midi. Je vais rester seule chez moi à broyer du noir.

Trelkovsky ne devait pas aller travailler non plus. Il avait demandé à son chef de bureau quelques jours pour s'occuper de l'appartement.

– Il ne faut pas broyer du noir, ça ne sert à rien. Vous devriez au contraire essayer de vous changer les idées. Je sais que cela peut vous paraître de mauvais goût, mais je vous conseille d'aller au cinéma.

Il s'interrompit, puis dit très vite :

– Si vous voulez me permettre… Écoutez, je n'ai rien à faire cet après-midi. Consentiriez-vous à venir manger avec moi au restaurant ? Nous irions au cinéma ensuite. Si vous n'avez rien d'autre à faire…

Elle accepta.

Après le repas dans un self-service, ils s'engouffrèrent dans le premier cinéma permanent qu'ils aperçurent. Pendant le documentaire, il sentit la jambe de sa voisine venir se coller contre la sienne. Il fallait donc tenter quelque chose ! Il n'arrivait pas à se décider, et pourtant il savait qu'il ne pouvait pas ne rien faire. Il lui passa le bras autour des épaules. Elle ne réagit pas, mais au bout d'un moment, il eut des crampes dans le biceps. Il était dans cette position inconfortable quand la lumière se ralluma pour l'entracte. Il n'osa pas la regarder. Elle colla plus fort sa cuisse contre la sienne.

Dès que l'obscurité fut revenue, il enleva son bras des épaules pour le passer autour de la taille. Le bout de ses doigts touchait le renflement du sein, de ce sein qu'il avait vu tout à l'heure tendre le chandail vert. Elle ne le repoussait pas. Sous le pull, sa main remonta, rencontra le soutien-gorge, et réussit à se glisser entre le sein et l'enveloppe de nylon. Sous son index, il sentit la grosseur du mamelon. Il le fit rouler sous son doigt.

Elle haletait légèrement. Elle se tortilla sur son siège, et les seins libérés jaillirent hors du soutien-gorge, doux et mous. Il les pétrit convulsivement.

Tout en s'activant, il repensa à Simone Choule.

– Peut-être est-elle en train de mourir à cette seconde même ?

Mais elle ne devait mourir qu'un peu plus tard, au coucher du soleil.

III

L'INSTALLATION

Trelkovsky téléphona d'une cabine publique à l'hôpital pour s'enquérir de l'état de santé de l'ancienne locataire. On lui apprit son décès.

Ce dénouement brutal le toucha profondément. C'était comme s'il venait de perdre un être très cher. Il éprouvait tout à coup un indicible regret de ne pas avoir connu Simone Choule plus tôt. Ils auraient pu aller au cinéma ensemble, au restaurant, avoir des instants de bonheur qu'elle n'avait jamais connus. Quand il pensait à elle, Trelkovsky ne la revoyait pas telle qu'elle était à l'hôpital, mais il se la représentait sous les traits d'une très jeune fille, pleurant pour une peccadille. C'était à ce moment qu'il aurait voulu être présent, pour lui faire remarquer, justement, qu'il ne s'agissait que d'une peccadille, qu'elle avait tort de pleurer, qu'elle devait être heureuse. Car, lui aurait-il expliqué, vous ne vivrez pas longtemps, vous mourrez un soir dans une chambre d'hôpital, sans avoir vécu.

– J'irai à l'enterrement. C'est la moindre des choses. J'y verrai probablement Stella…

Il l'avait en effet quittée sans lui demander son adresse. Après la séance de cinéma, ils s'étaient regardés sans rien trouver à se dire. Les circonstances dans lesquelles ils avaient fait connaissance leur donnaient de vagues remords. Trelkovsky n'avait plus eu, dès lors, qu'une seule hâte : fuir. Ils s'étaient séparés, après un banal au revoir dépourvu de conviction.

À présent, la solitude lui faisait regretter cette occasion d'y échapper. Peut-être en était-il de même pour elle ?

Il n'y eut pas d'enterrement. Le corps devait être acheminé vers Tours où il serait inhumé. Un service religieux était célébré à l'église de Ménilmontant. Trelkovsky se résolut à y assister.

La cérémonie était déjà commencée quand il pénétra dans l'église. Il s'assit tout doucement sur la première chaise qui se présentait, et examina l'assistance. Elle était peu nombreuse. Au premier rang, il reconnut la nuque de Stella, mais elle ne se retourna pas. Alors il s'occupa à passer le temps.

Il n'avait jamais été croyant, encore moins catholique. Cependant, il respectait les croyances des autres. Il était attentif à les imiter, à se mettre à genoux au bon moment, et à se lever quand il le fallait. Pourtant l'ambiance lugubre du lieu s'insinuait en lui. Il fut assailli par un cortège d'idées moroses. La mort était présente, plus que tout autre il la ressentait.

Trelkovsky n'avait pas pour habitude de penser à la mort. Elle ne lui était pas indifférente, loin de là, mais c'était précisément pour cette raison qu'il la fuyait systématiquement. Dès qu'il sentait ses pensées dériver vers ce sujet dangereux, il usait de toutes sortes de subterfuges, perfectionnés par le temps. Ainsi, dans ces instants critiques, chantonnait-il des rengaines entêtantes, entendues à la radio, qui constituaient un barrage mental parfait. Ou bien, il se pinçait jusqu'au sang, ou encore il se réfugiait dans l'érotisme. Il revoyait telle femme entrevue dans la rue en train de rattacher son bas, tel buste deviné dans la profondeur du décolleté d'une commerçante, tel souvenir ancien d'un spectacle aperçu. Cela c'était l'appât. Si son esprit y mordait, alors grand était le pouvoir de sa pensée. Elle soulevait les jupes, arrachait les corsages, remodelait les souvenirs. Et peu à peu, devant les femmes pâmées, les chairs pétries, l'image de la mort pâlissait, pâlissait, pour disparaître complètement, comme un vampire aux premières lueurs de l'aube.

Cette fois, ce ne fut pourtant pas le cas. Pendant une seconde d'une intensité absolue, Trelkovsky eut la sensation physique du gouffre au-dessus duquel il se mouvait. Il eut le vertige. Après vinrent les horribles détails : le cercueil que l'on cloue, la terre qui tombe lourdement contre les parois, la lente décomposition du cadavre.

Il tenta de se maîtriser, en pure perte. Il lui fallait absolument se gratter pour être sûr que les vers n'existaient pas, n'existaient pas encore. Il le fit discrètement d'abord, puis avec rage. Il sentait des milliers de bestioles hideuses le ronger, sucer tout son intérieur. Une fois de plus il chantonna : « ... tu n'as pas très bon caractère, qu'est-ce que ça peut faire... » sans succès.

En dernier recours, il entreprit d'imaginer la mort elle-même. Symboliser la mort, c'était déjà lui échapper, s'évader. Trelkovsky se prit au jeu, et il finit par trouver une personnification qui lui plut. Voici ce qu'il inventa :

La Mort, c'était la Terre. Issus d'elle, des bourgeons de vie tentaient de lui fausser compagnie. Ils pointaient vers l'espace. La Mort laissait faire, car elle était très friande de vie. Elle se contentait de surveiller son cheptel, et quand

les bêtes étaient à point, elle les croquait comme des sucre-
ries. Elle digérait lentement les aliments revenus dans son
sein, heureuse et repue comme une grosse chatte.

Trelkovsky se secoua. Il n'en pouvait brusquement plus
de cette cérémonie ridicule et interminable. De plus il
faisait froid, il était transi jusqu'aux sinus.

– Tant pis pour Stella, je m'en vais.

Il se leva avec précaution pour ne pas faire de bruit.
Arrivé devant le portail, il tourna la poignée, mais rien ne
se passa. La panique le saisit. Il avait beau agiter la poignée dans tous les sens, l'effet produit restait nul. Il n'osait
plus revenir à sa place maintenant, il avait même peur de
se retourner, car il lui faudrait affronter les regards désap-
probateurs qui lui fusillaient le dos. Il s'acharnait sur la
porte, sans comprendre d'où venait la résistance, sans
espoir. Il mit longtemps pour apercevoir la petite porte
qui se découpait dans la grande, un peu plus loin sur la
droite. Celle-ci s'ouvrit sans difficulté, il la franchit d'un
bond.

Dehors, il eut la sensation de s'éveiller d'un cauchemar.

«M. Zy pourra peut-être me donner la réponse.»

Il s'en fut à grands pas chez le propriétaire.

L'air était doux après le froid de caveau qui régnait
dans l'église. Trelkovsky se mit à rire tout seul, tant il se
sentait heureux tout à coup. «Après tout, je ne suis pas
encore mort, et d'ici là, la Science aura sans doute fait
des progrès qui me permettront de durer jusqu'à deux
cents ans!»

Il avait des gaz. Il s'amusa, comme un enfant, à péter
à chaque pas. Du coin de l'œil il observait les passants qui
marchaient dans son sillage. Mais un homme mûr et bien
habillé le regarda sévèrement en fronçant les sourcils, ce

qui le rendit rouge de confusion, et lui ôta l'envie de poursuivre son jeu stupide.

Ce fut M. Zy, en personne, qui vint lui ouvrir.

– Ah, vous voilà vous!

– Bonjour monsieur Zy, je vois que vous me reconnaissez.

– Oui, oui. Vous venez à propos du logement hein? Il vous intéresse, mais vous ne voulez toujours pas mettre le prix, hein? Vous croyez que c'est moi qui vais céder?

– Vous n'avez pas besoin de céder, monsieur Zy, vous allez les toucher vos quatre cent mille cash.

– Mais je voulais cinq cent mille, moi!

– On n'a pas toujours tout ce que l'on veut, monsieur Zy. Moi, j'aurais préféré posséder les W.C. sur le même palier, et ils ne s'y trouvent pas.

Le propriétaire éclata de rire. Un gros rire glaireux, auquel le rire forcé de Trelkovsky fit écho.

– Vous êtes un malin, vous, hein? Bon, eh bien va pour quatre cent cinquante mille cash, n'en parlons plus. Je vous ferai l'engagement de location demain. Vous êtes content?

Trelkovsky se confondit en remerciements.

– Quand pourrai-je venir prendre possession des lieux?

– Mais tout de suite, si cela vous chante, à condition de me donner une avance. Ce n'est pas que je manque de confiance en vous, mais je ne vous connais pas, hein? Si je me mettais à faire confiance à tout le monde, dans mon métier, je n'irais pas bien loin, mettez-vous à ma place.

– Mais c'est tout naturel! j'apporterai quelques affaires demain.

– Si vous voulez. Vous voyez que l'on peut toujours

s'entendre avec moi, à condition d'être correct et de bien payer son loyer régulièrement.

Il ajouta sur le ton de la confidence :

— Vous ne faites pas une si mauvaise affaire, vous savez. La famille m'a fait part de son intention de ne pas reprendre les meubles, si bien que vous en profiterez. Avouez que vous ne vous y attendiez pas. La reprise ne vous suffirait pas à les payer.

— Oh, quelques chaises, une table, un lit et une armoire…

— Oui ? Eh bien, allez les acheter, vous m'en direz des nouvelles. Non, croyez-moi, vous ne faites pas une mauvaise affaire ! Du reste, vous le savez parfaitement !

— Je vous en suis reconnaissant, monsieur Zy.

— Oh, la reconnaissance, ricana M. Zy en refermant la porte après avoir poussé Trelkovsky sur le palier.

— Au revoir monsieur Zy ! cria Trelkovsky devant la porte fermée.

Il n'obtint pas de réponse. Il attendit encore un peu, puis descendit lentement l'escalier.

Revenu dans son petit studio, une grande lassitude l'envahit. Sans avoir la force de retirer ses chaussures, il s'allongea sur le lit et demeura longtemps, les yeux mi-clos, à regarder autour de lui.

Il avait vécu tant d'années dans cet endroit qu'il n'arrivait pas à se familiariser avec l'idée que, désormais, c'en était fini. Plus jamais il ne reverrait cette pièce qui avait été l'écrin de sa vie. D'autres viendraient qui rendraient méconnaissables les murs qu'il connaissait si bien, qui bouleverseraient l'ordre, qui tueraient dans l'œuf la simple supposition qu'un certain M. Trelkovsky avait pu habiter là avant eux. Sans cérémonie, d'une nuit à l'autre, il s'en irait.

À vrai dire, il ne se sentait déjà plus vraiment chez lui. Le provisoire de sa situation lui gâchait ses derniers jours. C'étaient comme les ultimes minutes vécues dans un compartiment de chemin de fer au moment où le train entre en gare. Il ne se donnait plus la peine de faire le ménage, de ranger ses papiers, ni de faire son lit. Il n'en résultait pas un grand chaos, il ne possédait pas assez de choses pour y réussir, mais une atmosphère de départ annulé, de vacance.

Trelkovsky dormit d'une traite jusqu'au matin. Il s'occupa alors à réunir ses biens qui tinrent aisément en deux valises. Il remit la clé à la concierge et prit un taxi pour sa nouvelle adresse.

Il consacra toute la matinée à sortir de l'argent de la Caisse d'Épargne et à régler les formalités avec le propriétaire.

À midi, il faisait tourner la clé dans la serrure de l'appartement. Il déposa les deux valises devant la porte, mais n'alla pas plus loin. Il ressortit pour aller manger au restaurant car il n'avait rien absorbé depuis le déjeuner de la veille.

Après le repas, il téléphona à son chef de bureau qu'il reprendrait le travail le lendemain.

La période transitoire était terminée.

IV

LES VOISINS

Vers le milieu d'octobre sur la demande de ses amis, dont Scope, le clerc de notaire, et Simon, le représentant d'appareils ménagers qui lui avait indiqué l'appartement, Trelkovsky organisa une petite sauterie en guise de pendaison de crémaillère. Quelques camarades de bureau étaient également invités ainsi que toutes les jeunes filles disponibles. La fête avait lieu le samedi soir, ce qui permettrait de la prolonger sans tenir compte du lendemain matin.

Chacun avait apporté quelque chose à manger ou à boire. Toutes les provisions gisaient en vrac sur la table. Trelkovsky eut du mal à trouver des sièges pour tout le monde, mais finalement il s'avisa d'amener le lit près de la table, et les convives prirent place au milieu des rires frais des jeunes femmes et des plaisanteries entendues des hommes.

En vérité, jamais l'appartement n'avait été aussi joyeux, jamais il n'avait paru aussi illuminé. Trelkovsky se sentit ému d'en être le bénéficiaire. Lui non plus n'avait jamais joui de tant d'attention de la part des autres. On se taisait quand il racontait une histoire, on riait quand elle était drôle, on l'applaudissait même. Et surtout, on répétait son nom. À tout propos quelqu'un disait : «J'étais avec Trelkovsky...» ou «l'autre jour Trelkovsky...» ou encore «Trelkovsky disait...». Il était vraiment le roi de la fête.

Trelkovsky supportait mal la boisson mais pour être à l'unisson des autres, il buvait plus qu'eux. Les bouteilles se vidaient à une cadence accélérée, et les jeunes filles gloussaient des encouragements aux buveurs. Quelqu'un proposa d'éteindre la lumière trop crue dans cette pièce pour allumer dans la seconde en laissant la porte ouverte. Puis tout le monde s'affala sur le lit. Dans la pénombre Trelkovsky se serait bien laissé aller à dormir, mais, outre son mal de tête naissant, les présences féminines si proches contribuaient à le tenir éveillé.

Une discussion s'éleva entre Scope et Simon pour savoir ce qui convenait le mieux aux vacances : la mer ou la montagne ?

– La montagne, disait Simon d'une voix un peu traînante, c'est ce qu'il y a de plus beau au monde. Des paysages !... Des lacs !... Des forêts !... Et l'air est pur ! pas comme à Paris. Tu peux faire de la marche à pied si tu veux, ou de l'escalade. Moi, quand je suis à la montagne, je me lève à cinq heures du matin, je me fais préparer un repas froid, et je pars pour toute la journée le sac au dos. Eh bien, se retrouver tout seul à 3 000 mètres d'altitude, avec un paysage grandiose à ses pieds, c'est encore ce que je connais de meilleur.

Scope ricana.

– Très peu pour moi ! tous les étés et tous les hivers, on entend parler de types qui tombent dans des précipices, qui sont écrasés par des avalanches, ou qui restent en panne dans les téléphériques.

– À la mer aussi, riposta Simon, il y a des noyés. Cet été il n'était question que de ça à la radio.

– Aucun rapport. Il y a toujours des imprudents qui veulent jouer les malins et qui vont trop loin.

– C'est comme à la montagne. Ils partent seuls, les types, sans préparation, sans entraînement…

– Et puis d'abord, moi, à la montagne, j'ai un sentiment de claustrophobie !

Peu à peu, chacun prit part à la conversation. Trelkovsky dit qu'il n'avait pas de préférence, mais qu'il lui semblait pourtant que la montagne était plus saine que la mer. D'autres reprirent son opinion en la transformant, puis en la retournant carrément. Trelkovsky écoutait d'une oreille distraite. Il pensait beaucoup plus intensément à la jeune fille allongée à l'autre bout du lit. Elle était en train de se déchausser, sans l'aide des mains, en repoussant de la pointe de son escarpin gauche le talon de l'escarpin droit. Celui-ci glissa à terre. Alors, du pied droit, gainé de nylon, elle repoussa l'escarpin gauche qui tomba à son tour avec un bruit sec. Ceci fait, elle ramena ses genoux contre sa poitrine, en chien de fusil, et ne bougea plus.

Trelkovsky essaya de distinguer si la jeune fille était jolie, mais il n'y réussit pas. Cependant elle remuait de nouveau. Éloignant ses genoux puis les ramenant vers la poitrine elle se rapprochait sensiblement de lui. Hébété par la boisson et le mal de tête, il la regardait manœuvrer sans intervenir.

Des bribes de phrases lui parvenaient, comme de très loin.

– Pardon… mer… humide… mai… modère… climat.

– … s'il vous plaît… oxygène… il y a deux ans… avec des amis.

– … bœuf… vache… pêche à la ligne… boudin… maladie… mort…

– … sortez du sujet.

La jeune fille posa sa tête sur les genoux de Trelkovsky et s'immobilisa. Machinalement, il s'amusa à enrouler des mèches de cheveux autour de ses doigts.

«Pourquoi moi? pensait-il. Tout me sourit brusquement, mais au lieu d'en profiter, j'ai mal à la tête. Idiot que je suis.»

Impatientée, la jeune fille saisit d'un poignet assuré la main de Trelkovsky pour la mettre délibérément sur son sein gauche.

«Et après?» songea Trelkovsky narquois, bien décidé à demeurer inactif.

La jeune fille, devant l'insuccès de ses efforts, rampa encore un peu pour venir placer sa nuque sur le ventre de Trelkovsky. Elle remuait la tête afin de lui provoquer des sensations, mais, comme il ne bougeait toujours pas, elle lui fit des petits pinçons sur les cuisses à travers le pantalon. En grand seigneur, Trelkovsky se laissait aguicher, un sourire hautain aux lèvres. Que désirait-elle, la pauvre petite idiote, le séduire? lui? pourquoi précisément lui?

Il sursauta. D'un geste sec, il repoussa la tête de la jeune fille et se leva. Il avait compris. C'était son appartement qui l'intéressait. Il la reconnaissait maintenant. Elle s'appelait Lucile. Elle était venue avec Albert qui lui avait appris son divorce. Le mari gardait l'appartement. C'était donc ça!

On le courtisait pour son appartement!

Trelkovsky éclata de rire. Pour s'entendre, les défenseurs de la mer et de la montagne durent hausser la voix. La femme sur le lit se mit à sangloter. C'est à ce moment que quelqu'un frappa à la porte.

Dégrisé d'un seul coup, Trelkovsky alla ouvrir.

Un homme se tenait sur le palier. Il était grand, maigre, très maigre, et d'une pâleur anormale. Il était vêtu d'une longue robe de chambre grenat.

– Monsieur ?... interrogea Trelkovsky.

– Vous faites du bruit, monsieur, constata l'homme sur un ton menaçant. Il est plus d'une heure du matin et vous faites du bruit.

– Mais monsieur, je vous assure, je reçois quelques amis et nous parlons tranquillement...

– Tranquillement ? s'indigna l'homme en montant le ton. J'habite au-dessus de chez vous et j'entends tout ce que vous dites. Vous remuez des chaises, vous marchez en faisant du bruit avec vos chaussures. C'est intenable. Est-ce que vous avez l'intention de continuer longtemps ?

À force d'élever la voix, l'homme criait presque maintenant. Trelkovsky eut envie de lui faire remarquer que c'était lui qui réveillait tout le monde. Mais c'était sans doute ce qu'il souhaitait : attirer l'attention de l'immeuble sur la faute commise par Trelkovsky.

Une vieille dame, frileusement drapée dans un peignoir, apparut penchée sur la rampe qui menait au quatrième étage.

– Écoutez, monsieur, assura Trelkovsky, je suis désolé de vous avoir réveillé. J'en suis confus. Désormais nous ferons attention...

– Qu'est-ce que c'est que cette histoire de réveiller les gens à une heure du matin ? En voilà des façons !

– Je ferai attention, répéta Trelkovsky un peu plus fort, mais de votre côté...

– Je n'ai jamais vu ça ! Vous faites un chahut de tous les diables ! Vous vous f... du monde ? C'est bien joli de s'amuser, mais il y en a qui travaillent !

– Demain, c'est dimanche, et il est normal que je reçoive quelques amis, pour parler, un samedi soir.

– Non, monsieur, il n'est pas normal de faire un tel chambard même un samedi soir...

– Je ferai attention, grinça Trelkovsky, et il referma la porte.

Il entendit encore l'autre grommeler, puis s'adresser à la vieille femme qu'il avait vue, sans doute, car une voix féminine lui répondit. Au bout de deux ou trois minutes, pourtant, tout rentra dans le silence.

Trelkovsky porta la main à son cœur, il battait à coups redoublés. Une sueur froide mouillait son front.

Les amis, qui s'étaient tus, recommencèrent à discuter. Ils dirent ce qu'ils pensaient de pareils voisins. Ils racontèrent des histoires d'amis à eux qui avaient souffert des mêmes ennuis, et ce qu'ils avaient fait. Peu à peu, ils en vinrent aux moyens de lutter efficacement contre les gêneurs. Puis des moyens réels, ils passèrent aux moyens imaginaires, beaucoup plus puissants que les autres. Il fut question de creuser un trou dans le plafond, et d'expédier dans l'appartement du dessus un lot d'araignées venimeuses ou de scorpions de bonne race. Tous s'esclaffèrent.

Trelkovsky était au supplice. Chaque fois qu'ils élevaient la voix, il faisait : «Chut!» avec tant d'énergie qu'ils se mirent à se moquer de lui et qu'ils reprenaient de plus belle, exprès pour l'enrager. Il les détesta alors à un tel point qu'il jugea inutile d'avoir des égards.

Il alla chercher les manteaux dans l'autre pièce, les distribua puis poussa ses hôtes sur le palier. Pour se venger, ils descendirent en faisant du bruit, tout en riant très fort de son inquiétude. Il leur aurait balancé avec plaisir de l'huile bouillante sur la tête. Il rentra chez lui et verrouilla la porte. En se retournant, il heurta du coude une bouteille vide sur la table. Elle se brisa au sol avec un bruit d'enfer. Le résultat ne se fit pas attendre. On frappa violemment au plancher. Le propriétaire!

Trelkovsky eut honte. Une honte profonde, qui le fit rougir des pieds à la tête. Il avait honte de tous ses actes. Il était un odieux personnage. Il réveillait l'immeuble entier au bruit insupportable de ses ébats! Il n'avait donc aucun respect pour les autres? Il n'était donc pas capable de vivre en société? Il eut envie de pleurer. Que dire pour sa défense? Et d'ailleurs, comment plaider devant des coups tapés sur un plafond? Comment dire: «Je suis coupable, certes, mais j'ai des circonstances atténuantes»?

Il n'eut pas le courage de mettre de l'ordre. Il imaginait trop bien les voisins tendant l'oreille pour taper au moindre prétexte. Il se déchaussa sur place, alla éteindre la lumière à pas de loup, puis il revint dans le noir, attentif à ne pas se cogner dans un meuble, pour s'étendre sur le lit.

Demain il faudrait affronter les voisins. En aurait-il le courage? Rien que d'y songer il se sentait défaillir. Que répondre si le propriétaire lui faisait une réflexion?

Il étouffa de rage. La stupidité d'avoir organisé une fête dans son appartement lui apparut. C'était un bon moyen de le perdre, oui. Il ne s'était pas amusé, il avait dépensé de l'argent, et pour comble, il compromettait son avenir. Il se mettait tout l'immeuble à dos. Charmant début!

Il finit par s'endormir.

La peur de rencontrer des voisins mécontents le cloua chez lui toute la matinée du dimanche. D'ailleurs, il était loin d'être dynamique. Les cheveux lui faisaient mal. Il avait la sensation d'avoir les yeux prêts à rouler hors des orbites à chaque regard.

L'appartement offrait un air de désolation blasée. Cyniquement, il exhibait les dessous de la soirée. Comme sur une grève à marée basse, les épaves gisaient, là où les vagues les avaient amenées : des bouteilles vides, des cendres mêlées aux sauces dans les assiettes, dont l'une était cassée, des morceaux de charcuterie à terre, écrasés par des semelles aveugles, des mégots détrempés de vin rouge.

Trelkovsky rangea de son mieux, mais il se retrouva avec un seau à ordures débordant. Il ne lui était pas possible de le descendre avant le soir ; jusque-là, il lui faudrait respirer comme un remords l'odeur nauséabonde et fade de ces ordures-souvenirs.

Il ne s'en sentit pas capable. La lutte avec les voisins lui parut encore préférable. Il descendit l'escalier en sifflotant. Qui oserait lui adresser des reproches en le voyant si gai ? Personne, assurément. Malheureusement, il arrivait au second étage au moment même où M. Zy ouvrait la porte pour sortir. Trelkovsky ne pouvait plus reculer.

– Bonjour, monsieur Zy, attaqua-t-il tout de suite, quelle belle journée ! – puis, sur le ton de la confidence : Je suis désolé pour hier soir, monsieur Zy, je vous donne l'assurance que plus rien dans ce genre ne se reproduira.

– C'est heureux. Nous avons été réveillés, ma femme et moi, et nous n'avons pu nous rendormir de la nuit. D'ailleurs, tous vos voisins se sont plaints. Qu'est-ce que cela signifie ?

– Nous fêtions… mon installation… ma chance énorme d'avoir trouvé cet appartement magnifique, quelques amis et moi-même avions pensé pouvoir, sans gêner personne, comment dire… pendre la crémaillère. Oui, c'est cela, nous voulions faire un petit quelque chose pour pendre la crémaillère. Et puis, vous savez ce que c'est, avec la meilleure volonté du monde, et tout en respectant par-dessus tout le sommeil de son prochain, on s'excite, on s'amuse. Alors le ton monte un peu, on se laisse aller à parler un peu plus fort qu'il n'est nécessaire… mais je suis désolé, tout à fait désolé et je vous répète que cela ne se reproduira plus.

Le propriétaire regarda Trelkovsky droit dans les yeux.

– Heureusement que vous me dites cela, monsieur Trelkovsky, car sinon, je ne vous le cache pas, je m'apprêtais à prendre des mesures. Oui, des mesures. Je ne peux pas permettre qu'un locataire s'installe dans l'immeuble pour semer le désordre et la pagaille, non, je ne peux pas le permettre. Aussi, va pour cette fois, mais c'est une fois de trop. Ne recommencez pas. Les appartements sont assez difficiles à obtenir de nos jours pour qu'on se donne la peine de conserver le sien, n'est-ce pas? Alors prenez-y garde!

Les jours qui suivirent, Trelkovsky veilla à ne fournir aucun sujet de mécontentement. La radio était toujours au minimum de puissance, et à dix heures du soir, il se mettait au lit pour lire. Dorénavant il descendait l'escalier le front haut, il était un locataire à part entière, ou presque. Car il sentait, malgré tout, qu'on ne lui pardonnait pas l'incident regrettable de la fête.

Bien que ce fût plutôt rare, il lui arrivait de croiser des gens dans l'escalier. Naturellement il ne pouvait pas savoir s'il s'agissait d'authentiques voisins ou bien de parents de voisins ou d'amis en visite, ou tout simplement de représentants vendant au porte à porte. Mais pour ne pas risquer de passer pour impoli, il préférait dire bonjour à tout le monde. Quand il en portait un, il ôtait son chapeau et s'inclinait légèrement en disant selon le cas: «Bonjour monsieur» ou «Bonjour madame». Quand il ne portait pas de chapeau, il ébauchait néanmoins le geste de l'enlever. Il abandonnait toujours la rampe à la personne qu'il croisait et jetait du plus loin qu'il l'apercevait, avec un large sourire : « Faites, monsieur (ou madame). »

De même, il ne manquait jamais de saluer la concierge qui avait, du reste, l'habitude de le regarder franchement sans manifester pour cela le moindre signe de reconnaissance. Elle regardait ainsi, curieusement, le visage de son locataire comme si c'était chaque fois une surprise pour elle de l'apercevoir. Mais à part ces courtes rencontres dans l'escalier, Trelkovsky n'avait aucun contact avec ses voisins. Il n'eut même pas l'occasion de revoir le grand homme pâle en robe de chambre qui était venu le disputer. Une fois, alors qu'il se rendait aux W.C., la porte ne s'ouvrit pas quand il tourna la poignée et une voix dit de l'intérieur : « Occupé ! » Il lui sembla reconnaître la voix du grand homme pâle, mais comme il ne s'attarda pas à attendre, afin de ne pas le gêner lorsqu'il sortirait et lui éviter d'avoir à faire attention au bruit du papier, il n'en fut jamais certain.

V

LES MYSTÈRES

Quatre soirs de suite, les voisins cognèrent aux murs.

Maintenant, quand les amis de Trelkovsky le rencontraient, ils se moquaient de lui. Au bureau, ses collègues, avertis, étaient d'accord pour rire de sa panique.

— Tu as tort de te laisser intimider, lui répétait Scope, si tu les laisses agir, ils ne s'arrêteront plus. Crois-moi, fais comme s'ils n'existaient pas, ils se fatigueront avant toi.

Mais malgré tous ses efforts, Trelkovsky était incapable de « faire comme s'ils n'existaient pas ».

À aucun moment de sa vie en appartement, il n'oubliait qu'il y avait précisément quelqu'un en haut, quelqu'un en bas, et d'autres sur les côtés. D'ailleurs s'il y avait réussi, on se serait chargé de le lui rappeler. Oh! ils ne faisaient pas de bruit, naturellement, non, c'étaient des frôlements discrets, des petits craquements imperceptibles, des toux éloignées, des portes qui grinçaient doucement.

Parfois, quelqu'un frappait. Trelkovsky allait ouvrir, mais il n'y avait personne. Il s'avançait sur le palier et se penchait par-dessus la rampe. Il apercevait alors une porte qui se refermait à l'étage au-dessous, ou bien il entendait un pas irrégulier qui commençait à descendre l'étage au-dessus. De toute façon il n'était en rien concerné.

La nuit, des ronflements le tiraient en sursaut du sommeil. Pourtant il n'y avait personne dans son lit. Cela venait d'ailleurs, c'était un voisin qui ronflait. Trelkovsky demeurait des heures, immobile et silencieux dans l'obscurité, à écouter l'anonyme ronfler. Il tentait de se le représenter mentalement. Homme ou femme, la bouche ouverte, le drap remonté jusqu'au nez, ou au contraire, le drap défait découvrant la poitrine. Une main pendait, peut-être. Il finissait enfin par se rendormir mais il était réveillé quelques instants plus tard par un réveille-matin qui sonnait. Ailleurs, une main tâtonnante rétablissait le silence en pressant sur un petit bouton. La main tâtonnante de Trelkovsky qui cherchait machinalement l'interrupteur, n'était, elle, d'aucune utilité.

— Tu verras, répétait Scope, tu t'y accoutumeras. Il y avait également des voisins dans ton ancien logement, tu ne t'en préoccupais pas tant.

— Si tu cesses de faire du bruit, ajoutait Simon, ils croiront qu'ils ont gagné. Ils ne te laisseront plus jamais tranquille. Suzanne m'a raconté qu'on a tenté, au début, de lui causer des ennuis pour le petit. Eh bien, son mari a acheté un tambour, et dès qu'on disait quelque chose, il jouait pendant des heures entières. À présent, ils ont la paix.

Trelkovsky admirait sincèrement le courage du mari de Suzanne. Il devait être grand et fort. Pour agir de la sorte, il devait l'être. À moins qu'au contraire il ne fût petit et maigre, mais décidé à ne pas se laisser brimer, justement à cause de sa taille. Ce qui étonnait Trelkovsky c'était que les voisins, dans ce cas, n'aient pas cherché à lui casser la figure. Évidemment, s'il était grand et fort, ils n'osaient pas. Mais s'il était petit et maigre ? Sans doute jugeaient-ils la chose sans importance. Et de fait, elle l'était. Cependant, tous les voisins jugeraient-ils de même ? En supposant qu'il agît ainsi, lui, avec les siens, qu'adviendrait-il ? Il se souvint d'une clause du bail qui lui interdisait de jouer d'un instrument de musique.

Quand il laissait tomber un porte-plume par terre, au bureau, ses collègues tapaient du poing contre le mur en criant d'une voix rauque : «Alors, on ne peut plus dormir ?» ou bien : « C'est pour longtemps ce vacarme ?». Ils s'amusaient comme des enfants de l'expression terrifiée de Trelkovsky. Il savait bien que ce n'était pas vrai, mais il avait beau essayer de se calmer, son cœur se mettait à cogner dans sa poitrine. Il souriait misérablement, d'une manière tout à fait réjouissante.

Un soir, Scope l'invita chez lui.

– Tu vois, moi je n'ai pas peur.

Il régla le pick-up au maximum d'intensité. Effaré, Trelkovsky entendait l'orchestre se déchaîner, les cuivres rugir et la batterie exploser. On avait l'impression que l'orchestre se trouvait dans la même pièce. Tout le monde devait avoir cette impression, surtout les voisins. Trelkovsky se sentit rougir de honte. Il ne possédait plus qu'un désir, celui de tourner le bouton, de rétablir le silence.

Scope riait doucement.

– Ça t'épate, hein ? Laisse, laisse donc, je ne risque rien, moi.

Trelkovsky devait fournir des efforts surhumains pour se retenir. Quelle indécence ! Que devaient penser les voisins ! Il lui semblait que toute la musique était un énorme pet inconvenant. La manifestation bruyante d'un organisme qui aurait dû se taire.

Il n'en pouvait plus.

— Mettons un peu moins fort, proposa-t-il timidement.

— Mais laisse, laisse donc. Pourquoi te tracasser, puisque je t'assure que je ne risque rien. Ils ont l'habitude, ajouta-t-il avec un gros rire.

Trelkovsky se boucha les oreilles.

— Même pour nous, c'est un peu fort.

— Ça te change, hein ? Profites-en, tu ne pourras pas en faire autant chez toi !

À ce moment, on frappa à la porte.

Trelkovsky tressaillit.

— Un voisin ? demanda-t-il anxieusement.

— Je le souhaite. Tu vas voir comment il faut s'y prendre.

C'était bien un voisin.

— Excusez-moi de vous déranger, monsieur, je vois que vous avez du monde… Vous ne pourriez pas baisser un peu le son, ma femme est malade…

Scope devint cramoisi de colère.

— Ah ! elle est malade, hein ! Qu'est-ce que vous croyez, que je vais arrêter de vivre pour lui faire plaisir ? Qu'est-ce qu'il lui faut, que je meure ? Si elle est malade, qu'elle aille à l'hôpital ! Vous pouvez garder votre boniment pour quelqu'un d'autre, vous ne m'aurez pas de cette façon. Vous ne m'avez pas regardé ! Je passerai des disques si j'en ai envie ! Et à la puissance que je voudrai ! Moi je suis sourd, il y a pas de raison pour que je sois privé de musique à cause d'une infirmité !

Il repoussa le voisin et claqua la porte sur lui.

— N'essayez pas de jouer au plus malin avec moi, cria-t-il à la porte, je connais le commissaire !

Il se retourna en souriant vers Trelkovsky.

– Tu as vu ça? Liquidé, le bonhomme.

Trelkovsky ne répondit rien. Il en était incapable. Il étouffait. Il ne pouvait pas voir humilier un être humain devant lui. Il revoyait encore la pitoyable tête du voisin qui reculait devant les cris de Scope. Il avait vu l'abîme de désarroi reflété dans ses yeux. Que raconterait-il à sa femme en rentrant chez lui? Tenterait-il malgré tout de se donner le beau rôle, ou avouerait-il sa défaite totale?

Trelkovsky était bouleversé.

– Pourtant, si sa femme est malade… hasarda-t-il.

– Alors quoi? Je m'en f… de sa femme. Je ne vais pas le chercher quand ça m'arrive. Et puis, on n'en finirait plus. Il n'y reviendra pas, je te le garantis!

Par bonheur Trelkovsky ne rencontra personne dans l'escalier en s'en allant.

Il se promit de ne plus retourner chez Scope.

– Si tu avais vu la tête de Trelkovsky, pendant que je mettais le voisin à la porte, raconta Scope à Simon, il ne savait plus où se cacher!

Ils éclatèrent de rire. Trelkovsky les trouvait odieux.

– Il n'a peut-être pas tort, dit Simon, regardez.

Il sortit un journal de sa poche et le déplia.

– Que dites-vous de cet article: «IVRE, IL CHANTAIT LA TOSCA À TROIS HEURES DU MATIN, SON VOISIN L'ABAT À COUPS DE REVOLVER». N'est-ce pas un titre extraordinaire?

Ils s'arrachèrent le journal.

– Ne vous battez pas, dit Simon, je vais vous le lire: «Cette nuit a été mouvementée pour les locataires de l'immeuble situé au n° 8 de l'avenue Gambetta à Lyon. Pour l'un d'eux, elle a même été fatale. M. Louis D…, quarante-sept ans, célibataire, représentant de commerce, avait fêté en compagnie de quelques amis une affaire heureusement conclue, et il avait bu plus que de raison. En rentrant chez lui, vers trois heures du matin, il lui vint l'envie de régaler ses voisins de quelques airs d'opéra, car il était assez fier de sa voix. Après de larges extraits de *Faust*, il s'attaqua donc à la *Tosca*, lorsque l'un de ses voisins, M. Julien P..., cinquante ans, marié, courtier en vins, lui enjoignit de se taire. M. D... refusa, et pour montrer sa volonté de poursuivre le concert, vint chanter sur le palier. M. P... retourna alors dans son appartement où il s'empara d'un pistolet automatique qu'il déchargea sur le malheureux ivrogne. M. D... a été transporté d'urgence à l'hôpital où il est mort peu après. Le meurtrier a été écroué. »

Pendant que Simon était en train de lire, et Scope de ricaner, Trelkovsky avait senti une boule d'émotion s'installer dans sa gorge. Il avait dû serrer les dents pour ne pas se mettre à pleurer. La même chose lui arrivait souvent pour les motifs les plus ridicules, et il était le premier gêné. Une irrésistible envie de fondre en larmes s'emparait de lui, qui l'obligeait à se moucher abondamment, sans être enrhumé.

Il acheta un exemplaire du journal afin de conserver l'article et de pouvoir le relire chez lui.

Par la suite, du reste, il ne pouvait plus voir Scope ou Simon sans que ceux-ci eussent une foule d'anecdotes ayant trait aux voisins à lui conter. En même temps, ils s'enquéraient de l'évolution de sa situation, ils mouraient d'envie de se faire inviter dans l'espoir de déclencher un scandale irrémédiable qui provoquerait le pire. Quand Trelkovsky leur opposait un refus, ils le menaçaient de se passer de son invitation.

– Tu verras, faisait Simon, on va venir à quatre heures du matin et on cognera à la porte en t'appelant par ton nom.

– Ou alors, on tapera au palier d'en dessous en te demandant.

– Ou encore, on invitera des centaines de gens à une réunion chez toi sans que tu le saches.

Trelkovsky riait jaune. Scope et Simon disaient, peut-être, cela pour plaisanter mais ce n'était pas certain. Il sentait que sa vue les excitait. À force de flairer en lui une victime, ils pouvaient devenir des bourreaux.

– Et plus ils me verront, plus ils s'exciteront.

Il se rendait parfaitement compte du ridicule de son comportement, mais il était incapable de le modifier. Ce ridicule était en lui, c'était probablement ce qu'il y avait de plus vrai dans sa personnalité.

Le soir, il relisait le fait divers.

«Moi, même ivre, je n'aurais jamais l'inconscience de chanter des airs d'opéra à trois heures du matin.»

Il imaginait ce qui se passerait si, malgré tout…

Et il pouffait tout seul dans son lit, en étouffant le son de son rire sous les couvertures.

Désormais, il évitait ses amis. Il ne voulait pas, par sa présence, les pousser à bout. Loin de sa vue, ils se calmeraient peut-être. Il ne sortait presque plus. Il se délectait de ses soirées passées calmement chez lui, sans bruit. Il pensait que c'était autant de preuves de bonne foi pour le voisinage.

«Si plus tard il m'advenait, pour une raison ou une autre, de faire du bruit, ils mettront en balance toutes les soirées écoulées dans le silence le plus complet, et ils seront obligés de m'acquitter.»

Et puis, l'immeuble était le théâtre d'étranges phénomènes qu'il mettait des heures à observer. Il essayait en vain de comprendre. Sans doute attachait-il trop d'importance à de petits faits anodins dépourvus de signification?

Ce n'était pas impossible. Pourtant, quand il descendait les ordures...

Les ordures de Trelkovsky s'accumulaient pendant des jours et des jours. Comme il mangeait surtout à l'extérieur, elles étaient plutôt constituées de papiers que de matières putrescibles. Il y avait aussi malgré tout des bouts de pain ramenés clandestinement du restaurant, dans les poches, et des restants de fromage collés à leur boîte de carton. Un soir venait où Trelkovsky ne pouvait plus reculer. Il entassait tous ses déchets dans le seau à ordures bleu et il l'emportait vers la poubelle. Le seau rempli à ras bord laissait tomber des bouts de coton, des épluchures de fruits et d'autres matériaux le long des marches. Trelkovsky était trop encombré pour les ramasser.

«Je m'en occuperai au retour», se promettait-il.

Mais au retour, il n'y avait plus rien. Quelqu'un avait emporté les détritus. Qui? Qui guettait le départ de Trelkovsky pour les faire disparaître?

Les voisins?

Leur intérêt ne consistait-il pas, plutôt, à fondre sur lui pour l'injurier et le menacer des pires représailles pour avoir sali l'escalier? Indubitablement, les voisins n'auraient pas laissé échapper une si belle occasion de le tyranniser.

Non, c'était quelqu'un d'autre... ou autre chose.

Parfois, Trelkovsky incriminait les rats. De gros rats remontés de la cave ou des égouts, en quête de nourriture. Les frôlements qu'il percevait souvent dans l'escalier n'allaient pas contre cette hypothèse. Seulement, dans ce cas, pourquoi les rats ne s'attaquaient-ils pas directement aux poubelles? Pour quelle raison, également, n'en avait-il jamais rencontré un seul?

Ce mystère l'effrayait. Il hésitait plus que jamais à

descendre le seau et, quand il s'y résolvait enfin, il était tellement troublé qu'il laissait choir un plus grand nombre encore d'ordures. Leur disparition était alors d'autant plus significative.

Là ne résidait d'ailleurs pas le seul motif pour lequel Trelkovsky répugnait à cette opération. Elle lui était également rendue pénible par un écrasant sentiment de honte.

Lorsqu'il soulevait le couvercle d'une poubelle pour y déverser le contenu de son seau, il était toujours étonné par la propreté qui y régnait. Ses ordures à lui étaient les plus sales de l'immeuble. Répugnantes et abjectes. Aucune ressemblance avec les honnêtes ordures ménagères des autres locataires. Elles ne possédaient pas leur aspect respectable. Trelkovsky était persuadé que le lendemain matin, en inventoriant le contenu des poubelles, la concierge saurait sans hésitation possible quelle était la part qui lui revenait. Elle ferait sans doute une moue de dégoût en songeant à lui. Elle l'imaginerait dans une attitude dégradante et elle froncerait le nez comme si c'était sa propre odeur qu'exhalaient les ordures. Il allait même, quelquefois, pour rendre l'identification plus difficile, jusqu'à remuer et mélanger ses ordures aux autres. Mais ce stratagème était voué à l'échec car lui seul pouvait avoir intérêt à cette manœuvre saugrenue.

Outre celui-là, un autre mystère fascinait Trelkovsky. C'était celui des W.C. De sa fenêtre, comme le lui avait cyniquement annoncé la concierge, il pouvait suivre tout ce qui s'y passait. D'abord, il avait tenté de lutter contre l'envie de regarder, mais irrésistiblement il s'était senti attiré par son poste d'observation.

Des heures durant, il demeurait assis devant la fenêtre, toutes lumières éteintes pour voir sans être vu.

Il assistait en spectateur passionné au défilé des voisins. Il les voyait, hommes et femmes, baisser leurs pantalons ou relever leur jupe sans pudeur, s'accroupir, puis après les indispensables gestes d'hygiène, se ragrafer et tirer la chaîne de la chasse d'eau dont il était trop éloigné pour entendre le bruit.

Tout cela était normal. Ce qui l'était moins, c'était le comportement étrange de certains personnages. Ceux-ci ne s'accroupissaient pas, ils ne se retroussaient pas non plus, ils ne faisaient rien. Trelkovsky les observait plusieurs minutes d'affilée sans qu'il pût discerner chez eux trace de la moindre activité. C'était absurde et inquiétant. Les voir se livrer à des manœuvres indécentes ou obscènes aurait été pour lui un véritable soulagement. Mais non, rien.

Ils demeuraient immobiles, debout pendant un laps de temps indéterminé, puis obéissant à un signal invisible, ils tiraient la chaîne et s'en allaient. C'étaient aussi bien des femmes que des hommes, mais Trelkovsky ne parvenait pas à distinguer les traits de leurs visages. Quelles raisons pouvaient pousser des êtres à agir ainsi ? Désir de solitude ? Vice ? Obligation de se conformer à certains rites, s'ils appartenaient tous à la même secte ? Comment savoir ?

Il s'acheta d'occasion une paire de jumelles de théâtre. Elles ne lui apprirent rien. Les individus qui l'intriguaient ne se livraient réellement à aucune activité, leurs visages lui étaient inconnus. De plus ce n'étaient jamais les mêmes, et il n'en revit jamais aucun.

Pour en avoir le cœur net, une fois qu'un de ces personnages était en train de se livrer à son incompréhensible besogne, Trelkovsky courut jusqu'aux W.C. Il arriva trop tard.

Il renifla : aucune odeur. Dans le trou au centre du quadrilatère émaillé de blanc, aucune souillure.

Il tenta en vain, plusieurs fois encore, de surprendre les visiteurs. Il arrivait toujours après leur départ. Un soir, il crut avoir réussi. La porte ne s'ouvrit pas, elle était close par le petit crochet de fer qui garantissait l'intimité des usagers. Trelkovsky attendit patiemment, décidé à ne pas bouger avant d'avoir vu qui était à l'intérieur.

Il n'eut pas à attendre trop longtemps. M. Zy sortit majestueusement en se reboutonnant. Trelkovsky lui sourit aimablement, mais M. Zy ne daigna pas répondre. La tête haute, il s'éloigna, en homme qui n'a à rougir d'aucun de ses actes.

Que faisait M. Zy dans ce lieu ? Il devait certainement posséder des W.C. à l'intérieur de son propre appartement. Pour quelle raison ne s'en servait-il pas ?

Trelkovsky renonça à éclaircir ces mystères. Il se borna à les observer et à faire des suppositions dont aucune ne le satisfaisait.

VI

LE CAMBRIOLAGE

On avait encore frappé. Cette fois cela venait d'en haut.
Pourtant, il n'avait pas été cause d'un grand vacarme.
Voici ce qui s'était passé.

Ce soir-là, Trelkovsky était rentré directement du
bureau. Il n'avait pas très faim, et comme il était également un peu à court d'argent il avait décidé d'employer
la soirée à ranger ses quelques affaires. Depuis deux mois
qu'il occupait l'appartement il ne réussissait pas, en effet,
à sortir du provisoire des premiers jours. À peine arrivé,
il avait donc ouvert ses deux valises, puis, sans plus s'en
occuper il avait parcouru son logement en l'examinant
d'un œil critique. L'œil de l'ingénieur qui va entreprendre
de grands travaux.

Puisqu'il était encore tôt, il avait décollé l'armoire du
mur en s'efforçant toutefois de produire le moins de bruit
possible. Il ne s'y était pas encore risqué. Jusqu'à présent,
l'ordonnance des meubles avait été pour lui aussi immuable
que celle des murs. Certes, il avait déjà amené le lit dans
la première pièce, le jour de si triste mémoire où il avait
pendu la crémaillère, mais un lit, ce n'est pas tout à fait

un meuble. Derrière l'armoire, il fit une découverte. Sous la poussière floconneuse qui recouvrait le mur, il aperçut un trou. Une petite excavation située environ à un mètre trente du sol, au fond de laquelle il discerna une boule de ouate grise. Intrigué, il alla chercher un crayon, à l'aide duquel il parvint à extraire le coton. Il y avait encore quelque chose. Il farfouilla une ou deux minutes avec le crayon avant de ramener l'objet qui vint rouler dans sa main gauche, entrouverte : c'était une dent. Une incisive plus précisément.

Pourquoi fut-il brusquement étreint d'une émotion extraordinaire quand il se souvint de la bouche grande ouverte de Simone Choule sur son lit d'hôpital ? Il revit avec précision l'absence de l'incisive supérieure, comme une brèche dans les remparts de la denture, par laquelle la mort s'était introduite. En faisant machinalement rouler la dent sur sa paume, il essayait de deviner pourquoi Simone Choule avait mis sa dent dans un trou du mur. Il se rappelait vaguement cette légende enfantine qui voulait qu'à la dent ainsi cachée vienne se substituer un cadeau. L'ancienne locataire avait-elle à ce point conservé ses croyances de petite fille ? Ou alors avait-elle répugné, et Trelkovsky plus que tout autre la comprenait, à se séparer d'un morceau d'elle-même ? Était-ce une sorte de microtombe devant laquelle elle venait se recueillir de temps à autre, devant laquelle, qui sait, elle portait des fleurs, peut-être ? Trelkovsky se souvenait à présent de l'histoire d'un homme qui, ayant eu le bras sectionné lors d'un accident d'automobile, avait manifesté la volonté de l'inhumer dans un cimetière. Les autorités refusèrent. Le bras avait été incinéré, le journal ne rapportait pas ce qui était advenu ensuite. Avait-on également refusé à la victime les cendres de son bras ? Et de quel droit ?

Évidemment, une fois détachés, la dent, le bras ne faisaient plus partie de l'individu. Ce n'était pourtant pas aussi simple.

«À partir de quel moment, se demanda Trelkovsky, l'individu n'est-il plus celui que l'on pense? On m'enlève un bras, fort bien. Je dis: moi et mon bras. On m'enlève les deux, je dis: moi et mes deux bras. On m'ôte les jambes, je dis: moi et mes membres. On m'ôte mon estomac, mon foie, mes reins, à supposer que cela soit possible, je dis: moi et mes viscères. On me coupe la tête: que dire? Moi et mon corps, ou moi et ma tête? De quel droit ma tête, qui n'est qu'un membre après tout, s'arrogerait-elle le titre de "moi"? Parce qu'elle contient le cerveau? Mais il y a des larves, des vers, que sais-je encore, qui ne possèdent pas de cerveau. Pour ces êtres, alors, existe-t-il quelque part des cerveaux qui disent: moi et mes vers?»

Trelkovsky avait été sur le point de jeter la dent, pourtant, au dernier moment il s'était ravisé. En fin de compte, il avait simplement changé le morceau de ouate par un autre plus propre.

Mais, désormais, sa curiosité était éveillée. Il se mit à explorer le terrain millimètre par millimètre. Il en fut récompensé. Sous une petite commode il trouva un paquet de lettres et une pile de livres. Le tout noir de poussière. Il procéda à un premier nettoyage à l'aide d'un chiffon. Les livres étaient tous des romans historiques, et les lettres sans importance, toutefois Trelkovsky se promit de les lire plus tard. En attendant il enveloppa ses trouvailles dans un journal de la veille, puis il monta sur une chaise pour les poser sur le haut de l'armoire. Ce fut la catastrophe. Le paquet lui échappa et tomba à terre avec fracas.

La réaction des voisins ne se fit pas attendre. Il n'était pas encore descendu de la chaise que des coups rageurs retentissaient au plafond. Il était donc plus de dix heures du soir ? Il consulta sa montre : il était dix heures dix.

Plein d'amertume il se jeta sur son lit, prêt à ne plus faire un mouvement de la soirée afin de ne pas leur fournir le plaisir d'un prétexte.

On frappa à la porte.

C'étaient eux !

Trelkovsky maudit la panique qui le submergeait. Il entendait le bruit de son cœur qui faisait écho à celui qui provenait de la porte. Il fallait pourtant faire quelque chose. Un flot d'injures et d'imprécations étouffées jaillit de sa bouche.

Ainsi il allait encore être nécessaire de se justifier, s'expliquer, se faire pardonner de vivre ! Il allait falloir être suffisamment veule pour chasser la haine et gagner l'indifférence. Il allait falloir dire à peu près : je ne mérite pas votre colère, regardez-moi, je ne suis qu'une bête irresponsable qui ne peut empêcher les manifestations sonores de sa pourriture, de sa vie donc, alors ne gaspillez pas votre temps avec moi, ne vous salissez pas les poings en me rouant de coups. Supportez que j'existe. Je ne vous demande certes pas de m'aimer, je sais que c'est impossible, car je ne suis pas aimable, mais faites-moi l'aumône de me mépriser suffisamment pour m'ignorer.

On frappa derechef à la porte.

Il alla ouvrir. Il vit tout de suite que ce n'était pas un voisin. Il n'était pas assez arrogant, pas assez sûr de son bon droit, il y avait trop d'inquiétude dans ses yeux. La vue de Trelkovsky parut le surprendre.

– Je ne suis pas chez Mlle Choule ? balbutia-t-il.

– Si, enfin, anciennement. Je suis le nouveau locataire.

– Elle a donc déménagé ?

Trelkovsky ne répondit pas.

– Vous connaissez peut-être sa nouvelle adresse ?

Trelkovsky ne savait plus trop quoi dire. Visiblement le visiteur ignorait le sort de Simone Choule. Quels étaient ses liens d'amitié avec elle ? D'amitié ou d'amour ? Pouvait-il de but en blanc lui révéler son suicide ?

– Entrez donc, vous n'allez pas rester sur le palier comme cela.

L'autre marmonna de vagues remerciements. Il était manifestement angoissé.

– Il ne lui est rien arrivé, au moins ? interrogea-t-il d'une voix aiguë.

Trelkovsky fit une grimace. Pourvu qu'il ne se mît pas à crier, ou quelque chose de ce genre. Les voisins ne rateraient pas l'occasion. Il toussota.

– Asseyez-vous, monsieur…

– Badar, Georges Badar.

– Enchanté, monsieur Badar, mon nom est Trelkovsky. Voyez-vous, il est arrivé un malheur…

– Mon Dieu, Simone !

Il avait presque crié. «On dit que les grandes douleurs sont muettes, songea Trelkovsky, pourvu que ce soit vrai !»

– Vous la connaissiez bien ?

– Vous avez dit «connaissiez» ! Elle est donc… Elle est donc morte !

– Elle s'est suicidée, il y a un peu plus de deux mois.

– Simone… Simone…

Il parlait plus bas. Sa petite moustache fine tremblotait, ses lèvres se chevauchaient convulsivement, sa pomme d'Adam cognait contre le col amidonné de la chemise.

– Elle s'est jetée par la fenêtre. Si vous voulez voir…

Il retrouvait le ton de la concierge.

– Elle est tombée sur une verrière, au premier étage. Elle n'est pas morte sur le coup.

– Mais pourquoi?… Pourquoi a-t-elle fait ça?

– On ne sait pas. Vous connaissez son amie Stella? (Badar fit un signe négatif.) Elle non plus ne sait pas, et c'était pourtant sa meilleure amie. Oui c'est terrible. Vous voulez boire quelque chose?

Mais il se souvint aussitôt qu'il n'y avait rien à boire chez lui.

– Descendons, je vous offre un verre, cela vous fera du bien.

Deux raisons avaient poussé Trelkovsky à faire cette proposition. La première était l'état inquiétant du jeune homme et sa pâleur effrayante. L'autre la peur d'un éclat qui attirerait sur lui les foudres des voisins.

Au café, il apprit de Badar que celui-ci était un ami d'enfance de Simone, qu'il l'avait toujours aimée en secret, qu'il revenait du service militaire et qu'il s'était décidé à lui avouer son amour et son désir de l'épouser. Badar était un jeune homme plat et inconcevablement banal. Sa peine sincère s'exprimait par des répliques empruntées aux romans populaires. Les formules toutes faites qu'il employait constituaient sans doute dans son esprit un hommage de plus à la disparue. Il était émouvant. Au deuxième cognac il se mit à parler de suicide. «Je veux rejoindre celle que j'aime, balbutiait-il avec des sanglots dans la voix, pour moi la vie ne vaut plus la peine d'être vécue – Mais si, répliquait Trelkovsky gagné par le style de son interlocuteur, vous êtes jeune, vous oublierez… – Jamais, répondait Badar. – Il y a d'autres femmes de par le monde, elles ne la remplaceront peut-être pas, mais elles combleront le vide de votre cœur, voyagez, faites n'importe quoi, mais tentez de réagir, vous verrez que vous reprendrez le dessus. – Jamais!»

Après ce café, ils se rendirent dans un autre, puis dans

un autre encore. Trelkovsky n'osait abandonner le désespéré. Toute la nuit ils errèrent ainsi, tandis qu'à la longue litanie du jeune homme répondait l'argumentation serrée de Trelkovsky. À l'aube, enfin, ce dernier obtint de Badar un sursis à son projet. Il lui arracha la promesse de vivre un mois au moins avant de prendre une décision irrémédiable.

En revenant tout seul chez lui, Trelkovsky chantonnait.

Il était exténué, et légèrement ivre, mais d'excellente humeur. La tournure des phrases échangées l'avait mis en joie. Tout cela avait été si délicieusement artificiel! Il n'y avait que la réalité qui le désarmait.

Devant son immeuble, un café ouvrait. Trelkovsky y pénétra pour prendre le petit déjeuner.

– Vous habitez en face? lui demanda le serveur.

– Oui, je ne suis pas là depuis très longtemps.

– Vous habitez l'appartement de celle qui s'est suicidée?

– Oui, vous la connaissiez?

– Je pense bien. Elle venait ici tous les matins. Je n'attendais même pas qu'elle passe la commande. Je lui amenais son chocolat et ses deux tartines. Elle ne prenait pas de café, parce que cela l'énervait trop. Elle m'a dit une fois: «Si je prends un café le matin, je ne peux plus dormir pendant deux jours.»

– C'est vrai que cela énerve, admit Trelkovsky, mais j'y suis trop habitué, je ne pourrais plus m'en passer.

– Vous parlez ainsi parce que vous n'êtes pas malade, mais le jour où l'on ne peut plus, on s'arrête d'en prendre.

– Peut-être, fit Trelkovsky.

– C'est sûr. Remarquez, il y en a, c'est le chocolat qui

les rend malades, le foie vous comprenez, mais elle, elle ne devait rien avoir de ce côté-là.

– Probable, acquiesça Trelkovsky.

– C'est quand même malheureux, une jeune femme qui se tue, comme ça, allez donc savoir pourquoi. Pour rien probablement. Un moment de cafard, on en a assez, et allez hop ! on y passe. Je vous sers un chocolat ?

Trelkovsky ne répondit pas. Il repensait à l'ancienne locataire. Il but son chocolat sans s'en apercevoir, paya et sortit. En arrivant à son étage il remarqua que la porte de l'appartement était restée entrouverte. Il fronça les sourcils.

– Bizarre, j'étais pourtant certain d'avoir fermé la porte.

Il pénétra à l'intérieur. La lumière livide du jour se faufilait entre les rideaux.

– Tiens, on a déplacé cette chaise ! Quelqu'un est venu !

Il n'était pas inquiet, mais surpris. Il pensa d'abord aux voisins, puis à M. Zy, puis à Simon et à Scope. Auraient-ils mis leur projet de scandale à exécution ? D'un geste large il ouvrit les rideaux. La porte de l'armoire était béante. Tout était jeté pêle-mêle sur le lit. On avait fouillé ses affaires.

La première disparition qu'il constata fut celle du poste de T.S.F. Un peu plus tard, il découvrit l'absence de ses deux valises.

Il n'avait plus de passé.

Oh ! il n'y avait rien de bien précieux à l'intérieur, simplement un appareil de photographie, une paire de chaussures, quelques livres. Mais il y avait également des clichés de lui enfant, de ses parents, de ses quelques amours d'adolescent, des lettres, quelques souvenirs venus du plus lointain de sa vie. Les larmes lui brouillèrent la vue.

Il ôta une de ses chaussures et la jeta à l'autre bout de la pièce. Ce geste le soulagea.

On cogna au mur.

– Oui je sais que je fais trop de bruit! cria-t-il, mais c'est tout à l'heure qu'il fallait frapper, pas maintenant.

Il se reprit.

«Ce n'est pas de leur faute, après tout. Sans compter qu'ils ont peut-être frappé tout à l'heure.»

Que devait-il faire? Porter plainte? Oui c'était cela, il irait déposer une plainte au commissariat. Il regarda l'heure: sept heures. Le commissariat était-il ouvert? Le mieux était d'aller voir. Il remit sa chaussure et descendit l'escalier. En bas il rencontra M. Zy.

– Vous avez encore fait du bruit, monsieur Trelkovsky, cela ne peut plus durer! Les voisins se plaignent.

– Excusez-moi, monsieur Zy, mais c'est de cette nuit que vous parlez?

Son assurance désarma M. Zy. Pourquoi ne produisait-il plus le même effet sur son locataire? Il en ressentit de l'irritation.

– Parfaitement, de cette nuit. Vous avez fait un bruit d'enfer. Je croyais avoir réussi à vous faire comprendre que vous ne resteriez pas longtemps chez moi, si vous continuiez d'agir de la sorte. À mon grand regret, je serai obligé de prendre des mesures…

– J'ai été cambriolé, monsieur Zy. Je viens de rentrer et j'ai trouvé la porte de mon appartement ouverte. J'allais de ce pas au commissariat déposer une plainte.

Le propriétaire changea d'expression. Sa physionomie, sévère quelques secondes auparavant, devint menaçante.

– Que voulez-vous dire? Ma maison est une maison

honorable. Si vous cherchez à vous en tirer en inventant des fables…

– Mais c'est vrai ! Ne comprenez-vous pas ce que cela signifie : j'ai été cambriolé. On m'a volé !

– Je comprends parfaitement. Je suis désolé pour vous. Mais pourquoi aller au commissariat ?

Ce fut au tour de Trelkovsky d'être interloqué.

– Mais… pour raconter ce qui est arrivé. Pour qu'on sache ce qui m'appartient si l'on attrape les voleurs.

M. Zy avait encore changé d'expression. Il était devenu bienveillant et paternel maintenant.

– Écoutez, monsieur Trelkovsky, mon immeuble est un immeuble honnête. Mes locataires sont des locataires honnêtes…

– Il ne s'agit pas de cela…

– Laissez-moi finir. Vous savez comment sont les gens. Si des agents de police viennent ici, Dieu sait ce qu'ils vont raconter. Vous savez avec quels soins je choisis mes locataires ? Vous-même, je ne vous ai cédé cet appartement que convaincu de votre honnêteté. Autrement, vous pouvez en être sûr, m'eussiez-vous proposé dix millions que je vous aurais ri au nez. Si vous allez au commissariat, les policiers vont faire des enquêtes, inutiles bien entendu, mais elles auront une influence désastreuse sur l'opinion des locataires. Et je ne dis pas cela uniquement pour moi, pour vous aussi.

– Pour moi ?!

– Cela peut vous paraître insensé, mais les individus qui ont affaire avec la police sont toujours mal considérés. Je sais que cette fois-ci, vous êtes dans votre bon droit, mais les autres n'en sauront rien. On vous soupçonnera de Dieu sait quoi, et moi également par la même occasion. Non, faites-moi confiance. Je connais le commissaire de

police, je lui en parlerai, il verra ce qu'il y a lieu d'entreprendre. De cette manière, on ne pourra pas vous repro-
cher d'avoir manqué à votre devoir et nous éviterons les
inconvénients des ragotages.

Trelkovsky, abasourdi, accepta.

– À propos, ajouta M. Zy, l'ancienne locataire portait
des pantoufles après dix heures. C'était tellement plus
agréable pour elle et pour les voisins d'en dessous !

DEUXIÈME PARTIE

LES VOISINS

VII

LA BATAILLE

La bataille faisait rage à l'intérieur de l'immeuble. Caché derrière les rideaux, Trelkovsky observait en ricanant le spectacle qui se déroulait dans la cour. Dès les premiers éclats de la dispute, il s'était empressé d'éteindre toutes les lumières, afin de ne pas être accusé à tort, par la suite.

Tout venait de l'immeuble d'en face, où le quatrième étage fêtait un anniversaire. Les pièces étaient illuminées d'une façon provocante. Des rires et des chants s'échappaient des fenêtres, pourtant hermétiquement closes à cause du froid. Trelkovsky avait immédiatement pressenti le tour tragique que prendrait la fête. En lui-même, il avait béni les fauteurs de troubles. «Bien que, songeait-il, ceux-là soient pareils aux autres, puisque je les ai déjà entendus se plaindre du bruit causé par les locataires du cinquième. Que les loups se dévorent entre eux!»

La première réaction avait été une voix plaintive, mais glapissante, réclamant le silence pour une femme malade. Il n'y avait pas eu de réponse. La seconde manifestation, beaucoup plus directe, fut: «Vous ne pouvez pas vous taire là-bas? On travaille demain!» Pas de réponse non plus.

De nouveau des rires et des chants. Trelkovsky appréciait la valeur de scandale de cette joie sonore. Un silence lourd de menaces s'était abattu sur le restant de l'immeuble. Une à une, les lumières s'étaient éteintes pour prouver au monde la volonté de sommeil des locataires. C'est avec l'assurance de leur bon droit que deux voix viriles avaient, alors, une fois de plus, réclamé le silence, sans ménagement. Le dialogue s'était aussitôt engagé :

— On n'a plus le droit de fêter un anniversaire ?

— Bon, ça suffit comme ça, hein ? On vous a laissé faire jusqu'à présent, maintenant il faut vous taire. On travaille, demain, nous !

— Mais nous aussi on travaille demain, on a quand même bien le droit de s'amuser un peu, non ?

— Tais-toi bonhomme, on te dit de la fermer, t'as pas compris ?

— Non mais dites donc, si vous croyez que vous me faites peur, vous vous mettez le doigt dans l'œil ! J'aime pas beaucoup qu'on me donne des ordres. On fera ce qu'on voudra !

— Ah oui ? Eh bien descends un peu, pour voir, on verra si tu fais toujours le malin !

— Ta gueule !

Parvenus à ce stade, les deux interlocuteurs s'envoyèrent au visage une bordée d'injures dont la vulgarité et la crudité firent rougir Trelkovsky. Tous les invités du quatrième étage entonnèrent une chanson pour prouver leur solidarité avec leur hôte. Elle suscita immédiatement des réactions derrière les fenêtres auparavant silencieuses. Une avalanche de «vos gueules» déferla sur les fêtards. Alors les deux voix viriles du début décidèrent après un court colloque de descendre dans la cour pour avoir une explication en règle avec les ennemis.

Les invités se faisaient un peu prier pour descendre, mais on devinait qu'ils ne pourraient pas résister longtemps.

D'en bas les exclamations fusaient.

– Passe par là, moi je vais aller par ici. Tu m'appelles si tu en attrapes un. Mais descendez donc, tas de salauds !

– J'ai aperçu quelque chose là-bas, attends que je t'attrape, ordure !

– Fumiers, on va voir si vous crânez toujours !

Trelkovsky ne jubilait plus. Il était bouleversé. Il voyait que la haine de ces hommes n'était pas feinte. Ils ne jouaient pas. On sentait qu'ils retrouvaient instinctivement leur comportement de la guerre, qu'ils se souvenaient brusquement des choses apprises à l'armée. Ce n'étaient plus de paisibles locataires, mais des tueurs en chasse. Collé aux vitres, il suivait l'évolution du conflit. Les deux voix viriles, après un mouvement tournant, venaient d'effectuer leur jonction.

– Tu n'as rien vu ?

– Non, j'en ai chopé un dans le couloir, mais il m'a dit : « C'est pas moi ! c'est pas moi ! » alors je l'ai laissé partir !

– Ils descendent pas, les salauds ! mais il faudra bien qu'ils s'en aillent et alors là, gare à leur sale gueule !

Les fenêtres du quatrième s'ouvrirent avec fracas.

– Vous l'aurez voulu ! On descend, vous en faites pas. Vous pouvez faire les malins, on verra ça tout à l'heure !

Malgré la distance, Trelkovsky entendit de nombreux pas ébranler les marches de l'escalier, tandis que de la cour, les deux voix exultaient.

– Ah ! ils y ont mis le temps, mais ils y viennent ! On va

leur casser la gueule à ces salauds-là, à ces fumiers, on va leur apprendre à fermer leur sale gueule !

La rencontre dut se produire sous la voûte, à proximité des poubelles, car Trelkovsky en entendit plusieurs se renverser bruyamment au milieu des cris de rage et des injures. Puis quelqu'un se mit à courir, en bas, cherchant à gagner l'escalier. Le fuyard fut rejoint par une silhouette qui se jeta sauvagement sur lui. Les deux hommes roulèrent étroitement enlacés. Ils se débattaient et ruaient avec une incroyable agilité. L'un prit enfin le dessus et saisissant la tête de son adversaire entreprit de la cogner méthodiquement contre le sol.

Les sirènes du car de police couvrirent les cris perçants des femmes. Des policiers en uniforme firent irruption dans la cour. En un clin d'œil il n'y eut plus personne. Les sirènes décrurent dans la nuit, le calme régna.

Cette nuit-là, Trelkovsky rêva qu'il se relevait de son lit, qu'il le reculait du mur, et qu'à la place dissimulée par un des montants, il découvrait une porte. Étonné, il ouvrait cette porte et s'engageait dans un long couloir. Un souterrain plutôt. Le souterrain s'enfonçait dans le sol en s'élargissant de plus en plus, pour aboutir dans une grande salle vide dépourvue de porte et de fenêtres. Les murs en étaient totalement nus. Il reprenait le souterrain, revenait à la porte derrière le lit, et là, s'apercevait qu'elle était munie, côté souterrain, d'un verrou tout neuf et brillant. Il faisait jouer le pêne qui fonctionnait parfaitement, sans grincer. Il était alors envahi par une grande frayeur en se demandant qui avait posé le verrou, d'où venait cet être, où était-il allé et pourquoi avait-il laissé le verrou ouvert ?

Des coups résonnèrent à la porte. Trelkovsky s'éveilla en sursaut.

– Qui est là ? demanda-t-il.

– Moi, répondit une voix de femme.

Il se vêtit d'une vieille robe de chambre pour aller ouvrir.

Une femme se tenait sur le seuil, accompagnée d'une jeune fille d'une vingtaine d'années. À l'expression de ses yeux, Trelkovsky comprit tout de suite que la jeune fille était muette.

– Que désirez-vous?

La femme, qui devait avoir près de soixante ans, plongea ses yeux très noirs dans ceux de Trelkovsky. Elle tenait un papier à la main.

– C'est vous, monsieur, qui avez déposé une plainte contre moi?

– Une plainte?

– Oui, une plainte pour tapage nocturne.

Trelkovsky était éberlué.

– Je n'ai jamais déposé de plainte!

La femme éclata en sanglots. Elle s'appuya sur la jeune fille qui regardait toujours Trelkovsky intensément.

– On a déposé une plainte contre moi. J'ai reçu ce papier ce matin. Je ne fais jamais de bruit. C'est elle qui fait du bruit. Toute la nuit.

– Qui «Elle»?

– La vieille. C'est une méchante vieille, monsieur. Elle essaie de me nuire. Parce que j'ai une fille infirme, elle en profite.

La femme releva la robe de la jeune fille. Elle désigna à Trelkovsky la chaussure orthopédique qui enveloppait son pied gauche.

– Parce que j'ai une fille infirme, elle m'en veut. Et maintenant je viens de recevoir cette lettre parce que je fais du tapage nocturne! Ce n'est pas vous, monsieur, qui avez déposé cette plainte?

– Moi, mais je n'ai jamais déposé de plainte !

– Oui, alors c'est elle. J'ai été en dessous, eux non plus n'ont pas déposé de plainte. Ils m'ont dit que c'était peut-être vous. Mais ce doit être cette vieille.

Son visage était inondé de larmes.

– Je ne fais pas de bruit, monsieur. La nuit, je dors. Je ne suis pas comme elle. D'ailleurs, je voulais justement déposer une plainte contre elle. C'est une vieille, monsieur, et comme toutes les vieilles la nuit, elle n'arrive pas à dormir, alors elle marche, elle tourne dans son appartement, elle déplace des meubles, elle m'empêche de dormir, moi et ma fille infirme. J'ai eu un mal de chien à trouver ce taudis où nous vivons, monsieur, j'ai vendu mes bijoux, je me suis saignée aux quatre veines, et si cette vieille me chasse, je ne sais pas où nous irons. Vous savez ce qu'elle a fait, monsieur ?

– Non.

– Elle a mis un balai en travers de ma porte, pour m'empêcher de sortir, monsieur. Elle l'a coincé, exprès, et quand j'ai voulu sortir, le matin, je me suis aperçue que je ne pouvais pas. J'ai tiré, et finalement je me suis cogné l'épaule. J'ai eu un énorme bleu. Vous savez ce qu'elle m'a dit ? Elle m'a dit qu'elle ne l'avait pas fait exprès. Et maintenant, elle dépose une plainte, il faut que j'aille au commissariat. Si elle me chasse…

– Mais elle ne peut pas vous chasser, fit Trelkovsky, ému, elle ne peut rien contre vous.

– Vous croyez ? Vous savez, monsieur, je ne fais jamais de bruit…

– Même si vous faisiez du bruit ! On n'a pas le droit de vous jeter dehors, si vous n'avez nulle part où habiter. On n'en a pas le droit.

La femme finit par s'en aller. Elle remercia Trelkovsky

en pleurnichant et se mit à descendre l'escalier appuyée sur sa fille.

Où habitait-elle ? Trelkovsky ne l'avait encore jamais vue. Il se pencha par-dessus la rampe pour voir d'où elle venait. Mais elle ne s'arrêta pas à un étage. Elle disparut de son champ visuel sans lui fournir de renseignement.

Il rentra chez lui songeur, et tout en procédant à sa toilette, puis en s'habillant pour se rendre au bureau, il réfléchit à cette affaire de plainte. Pour tout dire, elle lui paraissait louche. D'abord, il ne savait pas où logeait cette femme, ensuite, il trouvait bizarre que les locataires d'en dessous, les propriétaires, aient donné son nom comme plaignant éventuel. N'avait-on pas désiré, plutôt, lui montrer ce qui lui arriverait s'il persistait dans sa conduite ? Cette femme, sans vouloir médire d'elle, n'avait-elle pas été payée pour jouer un rôle ? Qui était cette invraisemblable vieille dont il était question dans son récit ? Quelque chose sonnait faux.

Il descendit l'escalier à pas de loup. Il ne tenait pas à rencontrer M. Zy. Il fit une génuflexion devant sa boîte aux lettres sous la voûte pour regarder s'il n'y avait pas du courrier à l'intérieur. Elle contenait deux lettres.

L'une était adressée à Mlle Choule, l'autre à lui-même. Ce n'était pas la première fois qu'il recevait du courrier destiné à Mlle Choule. Au début, il avait répugné à l'ouvrir pour en prendre connaissance. Cependant, petit à petit, la fascination avait été trop forte. Il avait fini par lui céder. Sa lettre à lui était sans importance, une lettre publicitaire ronéotypée. Il en fit une boule qu'il jeta dans la poubelle en passant. Il traversa la rue pour aller boire son café matinal. Le garçon l'accueillit par un grand bonjour.

– Un petit café ? Pas trop nerveux ? Pas de chocolat ?

– Si, c'est ça, un chocolat et deux tartines.

Il appela le garçon avant qu'il ne revînt avec les tartines.

– Vous me donnerez aussi un paquet de Gauloises bleues.

Le garçon était désolé.

– J'en manque, actuellement. Faudra que j'aille en chercher.

– Qu'avez-vous d'autre ?

– Des blondes, des Gitanes… l'ancienne locataire fumait toujours des Gitanes. Je vous en donne un paquet ?

– Va pour les Gitanes, alors, mais sans filtre.

– D'accord. Elle n'en prenait pas non plus.

Trelkovsky avait décacheté la lettre adressée à Simone Choule. Il lut :

« Mademoiselle, veuillez m'excuser de la liberté que je prends de vous écrire. C'est un ami commun, Pierre Aram, qui m'a indiqué votre adresse. Il m'a dit que vous seriez susceptible de me fournir le renseignement dont j'ai besoin. J'habite Lyon où je travaille dans une librairie comme vendeuse. Mais je dois déménager pour venir habiter Paris. On me propose une place dans une librairie située 80, rue de la Victoire. Je dois donner une réponse dans la semaine, mais je suis très ennuyée car une autre place m'est offerte dans une librairie située, elle, 12, rue de Vaugirard. Je ne connais pas Paris et je ne sais rien de ces deux magasins. Comme je toucherai un pourcentage sur les ventes, j'aurais aimé en apprendre un peu plus.

« Pierre me dit que vous seriez assez aimable pour aller vous rendre compte sur place et m'envoyer votre appréciation sur le choix que je dois faire.

« En ayant conscience du dérangement que je vous

cause, je vous serai extrêmement reconnaissante de me répondre le plus vite possible. Je joins une enveloppe timbrée pour la réponse. En vous remerciant encore, veuillez etc., etc.»

Suivaient le nom et l'adresse de la jeune femme. Une enveloppe timbrée était effectivement jointe à l'envoi.

– Il faudra que je réponde, murmura Trelkovsky, cela ne me dérangera pas beaucoup.

VIII

STELLA

Trelkovsky sortait du cinéma où il venait de voir un film sur Louis XI. Depuis qu'il avait lu les romans historiques ayant appartenu à Simone Choule, il se passionnait pour tout ce qui avait trait à l'histoire. Dehors, il aperçut Stella.

Elle était entourée d'amis. Trois jeunes gens et une jeune fille. Elle sortait sans doute du même cinéma. Il hésita à l'aborder, mais il en ressentait le besoin, pas tellement pour la voir, mais pour se trouver en compagnie de gens qu'il ne connaissait pas. Depuis qu'il fuyait Scope et Simon, il vivait pratiquement seul et il était tourmenté par le désir d'être en société.

Il s'approcha pour guetter le moment où il pourrait se faire reconnaître. Malheureusement, elle lui tournait le dos. Elle était en train de parler avec véhémence, du film, à ce qu'il comprit. Patiemment il attendait qu'un silence intervînt dans la conversation, à la faveur duquel il lui serait possible de manifester sa présence. Le groupe, immobile d'abord, s'était lentement mis en marche, et Trelkovsky avait été obligé de suivre le mouvement. Ainsi, il avait l'air d'écouter aux portes. On ne l'avait pas encore remarqué, mais cela ne tarderait sans doute pas. Il fallait agir avant qu'un préjugé défavorable ne lui fît du tort dans l'esprit des autres. Que devait-il dire? S'il appelait simplement «Stella», ne trouverait-elle pas cela trop familier? Qu'allaient penser ses amis? Et puis, certaines personnes détestent qu'on les appelle par leur nom dans un endroit public. Par ailleurs, il ne pouvait pas non plus crier «hep!» ou «ho!», c'était trop cavalier. Il pensa à «s'il vous plaît!» mais ce n'était pas mieux. Taper dans ses mains? Impoli. Claquer des doigts? c'était bon pour appeler un garçon de café et encore! Il se résigna à toussoter.

Naturellement, elle ne l'entendit pas. Tout à coup, il sut ce qu'il devait dire:

– Je ne vous dérange pas?

Elle parut sincèrement heureuse de le voir.

– Mais non, pas du tout.

Elle le présenta en termes vagues à ses amis, qui étaient également, précisa-t-elle à l'adresse de Trelkovsky, des amis de Simone. D'abord, il ne comprit pas de qui elle parlait, mais quand il s'en avisa, il s'empressa de prendre une expression attristée.

– Je ne l'ai guère connue, malheureusement, soupira-t-il.

Quelqu'un proposa d'aller boire un verre dans une brasserie. Tout le monde était d'accord. Ils se retrouvèrent bientôt, assis autour d'une grande table en matière plastique sang de bœuf. Trelkovsky était assis à côté de Stella, dont la cuisse en s'aplatissant sur la banquette frôlait la jambe de pantalon. Il avait tendance à fuir son regard, mais il se força à la dévisager. Elle lui sourit.

Il trouva son sourire obscène. Toutes ses mimiques, d'ailleurs, lui semblaient pleines de sous-entendus. Elle ne devait songer qu'à faire l'amour. La façon dont elle lapait à petits coups de langue la mousse de sa bière était significative. Sa peau devait être pleine d'empreintes digitales ! Une goutte de bière s'échappa de ses lèvres et dégoulina le long du menton, puis du cou. Elle l'écrasa d'un coup de pouce sensuel à la hauteur de la clavicule. La peau blanchit sous la pression, puis reprit immédiatement sa couleur rose. En s'appuyant sur la table pour reposer le verre, son manteau glissa derrière son dos. Elle acheva de s'en débarrasser d'une torsion du buste qui fit ballotter ses seins. Vue de côté, sa poitrine provoquait de nombreux plis du corsage sous l'aisselle. Elle dut en avoir conscience car elle passa sa paume ouverte à cet endroit, pour le lisser. Ce geste fit apparaître le soutien-gorge en relief sur le tissu du corsage. Ce devait être un soutien-gorge à armatures. Oui, il s'en souvenait, c'était un soutien-gorge à armatures.

Et plus bas ?

La jupe était tendue sur ses hanches. La position assise faisait naître de nombreux plis qui barraient le bas du ventre dans toute sa largeur. Le slip, le porte-jarretelles et les jarretelles étaient, ici aussi, indiqués en relief. La jupe courte arrivait à peine aux genoux ronds. Elle croisa les jambes. Les bas leur donnaient une couleur de bretzel. Elle tira sa jupe et continua son geste en caresse sur la jambe. Ses ongles en passant sur les mailles de nylon produisaient un bruit étrange. Du bout du pied gauche, elle se massait machinalement le mollet droit. Elle rit.

— Si on allait chez moi ? proposa l'un des jeunes gens.

Elle se leva et fit demi-tour pour reprendre son manteau. Elle se pencha pour défroisser une manche sur laquelle elle s'était assise. Le corsage se détendit. Par l'échancrure il vit le soutien-gorge. Les seins en débordaient légèrement. Elle les faisait trembloter en agitant son manteau. Ils étaient très blancs sauf une ligne rouge qui marquait l'endroit où le bord supérieur du soutien-gorge les compressait habituellement.

Le garçon de café empocha les pièces de monnaie, puis déchira le ticket pour témoigner qu'ils avaient payé.

– Vous venez? demanda Stella.

Il hésitait, mais la peur de se retrouver seul emporta sa décision.

– Si vous voulez bien de moi.

C'était à côté. Le jeune homme auquel appartenait l'appartement les fit asseoir, puis alla chercher des boissons dans le réfrigérateur. Il s'était subitement transformé en hôte. On le sentait vraiment maître des lieux. Il posa un disque sur l'électrophone, leur remit à chacun un verre, leur fit passer bouteilles, seau à glace, et petites amandes salées. À tout propos, il s'enquérait : «Ça ira? il ne vous manque rien?» Il était agaçant de prévenances, ils se mirent à parler.

– Sais-tu où j'ai vu Simone pour la dernière fois? Non? C'était au concert Lamoureux, on s'était rencontrés par hasard. Je lui ai demandé si ça allait, elle m'a répondu oui. Mais on voyait bien que ça n'allait pas fort.

– J'ai toujours un livre qu'elle m'a prêté. Un roman de Michel Zévaco. Je ne l'ai pas encore lu.

– Elle n'aimait pas la mode de cette année. Elle trouvait qu'elle n'avait pas d'allure. À part Chanel, tout lui paraissait affreux.

– Elle m'a dit qu'elle avait envie de s'acheter la *Quatrième Symphonie* de Beethoven dans l'édition du club.

– Elle détestait les animaux...

– Non, elle en avait peur.

– Elle n'aimait pas les films américains.

– Elle avait une belle voix mais insuffisamment travaillée.

– Elle a été sur la Côte d'Azur pendant les vacances.

– Elle avait peur de grossir.

– Elle ne mangeait rien.

Trelkovsky buvait à petites gorgées régulières l'alcool qui remplissait son verre. Il ne parlait pas, mais il écoutait de toutes ses oreilles. Chaque renseignement était une révélation pour lui. Ainsi donc elle n'aimait pas ceci ? Tiens ! tiens ! et elle aimait cela ! Extraordinaire ! Mourir lorsqu'on possède des goûts aussi précis ! C'était manquer de suite dans les idées ! Il en vint à poser des questions pour connaître plus de détails. Il les comparait mentalement avec ses goûts à lui. Quand ils coïncidaient il en ressentait une joie absurde. C'était assez rare. Par exemple, elle avait le jazz en horreur, alors que lui l'aimait. Elle raffolait de Colette, il n'avait jamais réussi à en lire une page. Il n'appréciait pas du tout Beethoven, surtout pas les symphonies. La Côte d'Azur était une des régions de France qui l'attiraient le moins. Il continuait pourtant à se renseigner avec ténacité, récompensé par la moindre similitude de goût.

Le jeune homme chez lequel ils se trouvaient invita une jeune fille à danser. Un autre invita Stella. Trelkovsky se resservit à boire. Il était légèrement ivre. Le troisième jeune homme qui ne dansait pas essaya d'entamer une conversation avec lui, mais il n'y répondit pas. Après la première danse, Stella vint lui demander s'il désirait danser avec elle. Il accepta.

Il n'avait pas l'habitude de danser, mais son ivresse l'inspirait. Ils dansèrent plusieurs slows très lentement, en se frottant l'un contre l'autre. Maintenant Trelkovsky se moquait de ce que pouvaient penser les jeunes gens.

Au milieu d'une danse, elle lui chuchota à l'oreille pour lui demander s'il voulait qu'elle vienne chez lui. Il secoua la tête négativement. Qu'aurait-elle pensé si elle avait appris son adresse ! Elle ne dit rien, mais il devina qu'elle était vexée. À son tour, il lui chuchota : « Et chez vous, on ne peut pas y aller ? » Elle lui sourit, rassérénée. « Si. c'est possible. » Elle devait être émue, car elle lui serra un peu plus fort l'épaule. Il ne la comprenait pas.

Chez elle, tout révélait son sexe. Au mur, elle avait accroché des reproductions de Marie Laurencin, des coquillages vernis, des photos découpées dans un hebdomadaire féminin. Le sol était recouvert d'un tapis de raphia. Des bouteilles vides décoraient un buffet. Il n'y avait qu'une pièce, le lit se trouvait dans le renfoncement du mur.

Elle s'y allongea. Il suivit son exemple. Il savait ce qu'il convenait de faire à présent. Il se mit à la déboutonner. Quand il n'y parvenait pas, elle lui venait en aide. Son visage était plus canaille que jamais. Elle prévoyait ce qui allait venir et elle s'en réjouissait sans pudeur. Malgré son désir, Trelkovsky ne réussissait pas à s'exciter. Peut-être à cause de la boisson, mais aussi parce que, inexplicablement, cette femme lui faisait horreur.

À présent, elle était plus fébrile que lui. Ce fut elle qui défit sa ceinture et baissa son pantalon. Ce fut elle également qui repoussa son slip. Il se dit, bêtement : « Ça y est, on y va. »

Il crocha fermement les deux poignées de ses seins, puis escalada avec difficulté son corps glissant. Il ferma les yeux. Il avait très sommeil.

Elle tressautait, poussait des petits cris et le mordait. Qu'elle se donnât du mal pour provoquer cette illusion de frénésie le fit sourire. Elle saisit son sexe et le dirigea.

Il la pénétra méthodiquement. Il imaginait, tout en s'y employant, que c'était une star de cinéma. Puis la star de cinéma fit place à la fille d'une boulangère chez laquelle il avait longtemps acheté son pain. Elle se cambra.

Il se figurait, maintenant, qu'il y avait deux femmes sous lui, puis trois. Il songea à une photo érotique qu'il avait contemplée chez Scope. Elle représentait trois femmes masquées, nues avec des bas noirs, qui grouillaient sur un homme très poilu. Puis il se répéta le mot «cuisse». Il cessa pour se retracer un épisode de son enfance qui lui avait permis de toucher aux seins d'une jeune fille. Il se souvint aussi d'autres femmes, avec lesquelles il avait fait ce qu'il était en train de faire en ce moment. Elle laissa échapper un bruit de gorge.

Le film qu'il venait de voir lui revint en mémoire. Il y avait un passage où l'on assistait à une tentative de viol. La fiancée du héros en était la belle victime, elle y échappait pourtant au dernier moment. La séquence suivante montrait La Balue dans sa cage. Louis XI ricanait sinistrement en l'obligeant à chanter. Ce serait amusant, songea Trelkovsky, si au lieu d'un serin, les vieilles dames élevaient des La Balue dans leur cage. Stella gémit.

Quand ce fut fini il sut l'embrasser très tendrement. Il ne voulait surtout pas lui faire de peine. Après quoi ils s'endormirent.

Trelkovsky ne tarda pas à s'éveiller. Son front était baigné de sueur. Le lit tanguait sous lui. Il connaissait bien cette sensation, et savait par expérience qu'il devait se rendre le plus rapidement possible aux lavabos. Il tâtonna pour trouver l'interrupteur, car Stella avait éteint la lumière avant de s'endormir. Il se leva en trébuchant et trouva la porte des toilettes qui était à côté de celle de la cuisine. Il s'agenouilla devant la cuvette des W.C., mit son avant-bras sur le rebord, appuya son front dessus. Il avait la tête juste au-dessus du puits circulaire dans lequel l'eau produisait un sourd murmure. Son estomac se retourna comme un gant et il vomit.

Ce n'était pas désagréable. Comme une libération. Une manière de suicide en quelque sorte. Ces matières qui sortaient par sa bouche après qu'il les eut enfournées ne le dégoûtaient pas. Non, elles lui étaient complètement indifférentes, comme lui-même d'ailleurs. Il n'y avait que lorsqu'il vomissait que la vie lui était indifférente. Il s'efforçait de faire le moins de bruit possible et éprouvait un certain confort dans la position où il se trouvait.

Il se sentit mieux. Il repensa à ce qui venait de se passer. Un frisson le parcourut. Il était tout à coup beaucoup plus réceptif au charme de Stella. Il s'excita si bien qu'il lui fallut se soulager.

Il tira la chaîne, une première fois puis après avoir attendu que le réservoir fût plein, une seconde. Il ne subsistait plus la moindre trace de son malaise. Il en fut content.

Une énergie nouvelle remplissait son corps. Il s'esclaffa intérieurement, sans raison. Voyons, il n'allait pas se rendormir ! S'il se réveillait ici le lendemain il serait de nouveau déprimé. Il se rhabilla silencieusement, s'approcha du lit pour déposer un baiser sur le front de Stella et sortit. Le froid sec qui régnait à l'extérieur lui fit du bien. Il rentra chez lui à pied. Il se lava complètement, se rasa, s'habilla. Assis sur le bord de son lit il attendait le moment de partir pour le bureau.

Il entendit les oiseaux. Il y en avait un qui ouvrait le concert, ensuite, tous les autres s'y mettaient. À dire vrai, ce n'était pas un concert. En écoutant attentivement, on était frappé par la ressemblance de ce bruit avec celui d'une scie. Une scie qui va et vient. Trelkovsky n'avait jamais compris pourquoi on comparait le bruit des oiseaux à de la musique. Les oiseaux ne chantent pas, ils crient. Et le matin, ils crient en chœur. Trelkovsky éclata de rire : n'était-ce pas le comble de l'échec qu'on prît un cri pour un chant ? Il se demanda ce que cela donnerait si les hommes prenaient cette habitude de saluer le jour nouveau par le chœur de leurs cris de désespoir. Même, pour ne pas exagérer, en supposant qu'il n'y eût que ceux possédant des raisons suffisantes pour crier, cela ferait un fameux tintamarre.

Il entendit un remue-ménage dans la cour. Des coups de marteau résonnèrent. Il regarda par la fenêtre, mais il avait du mal à distinguer dans la pénombre, puis il comprit : on réparait la verrière.

IX

LA PÉTITION

La concierge devait guetter son retour car elle lui fit signe derrière la vitre de sa loge. Elle souleva un carreau amovible pour appeler plus fort qu'il n'était nécessaire :

– Monsieur Trelkovsky !

Elle ne parvenait pas à prononcer le *s* entre le *y* et le *k*, et prononçait «Trelkovky». Il s'approcha, un sourire avenant sur les lèvres.

– Vous avez vu Mme Dioz ?

– Non, pourquoi ?

– Alors je lui dirai que vous êtes revenu. Elle viendra vous parler.

– À quel propos ?

– Vous verrez, vous verrez.

Elle rabattit le carreau afin de ne pas poursuivre l'entretien. Elle secoua simplement la tête de haut en bas en guise d'au revoir, puis, sans plus s'occuper de lui, tourna le dos pour surveiller son repas sur le fourneau.

Légèrement intrigué, Trelkovsky regagna son appartement. Il jeta sa gabardine sur le lit, tira une chaise devant la fenêtre et s'assit. Il demeura dans cette position pendant une demi-heure. Il ne faisait rien, il ne pensait à rien de précis, mais laissait se dérouler dans son cerveau les quelques épisodes sans intérêt de la journée dont il se souvenait. Des bribes de phrases, des gestes sans signification, des visages entrevus dans le métro.

Après quoi, il se releva et circula d'une pièce à l'autre, jusqu'à ce que l'idée lui vînt de s'arrêter devant le miroir de petite taille qu'il avait accroché au mur, au-dessus de l'évier. Il se considéra un instant, impassible, pencha la tête vers la gauche, vers la droite, la souleva pour apercevoir les deux trous béants de ses narines, puis il se passa la main sur la figure, très lentement. Il sentit du bout du doigt la présence d'un petit poil sur l'extrémité supérieure du nez. Il colla son nez contre la glace pour l'apercevoir. Un petit poil brun qui émergeait d'un pore. Il retourna au lit pour sortir une boîte d'allumettes de la poche de la gabardine. Il en choisit soigneusement deux pour la netteté de la section de la partie non soufrée. Il revint à la glace, et à l'aide des deux allumettes servant de pince il entreprit d'arracher le poil. Les allumettes dérapaient, ou bien il avait mal coincé le poil, et celui-ci, au dernier moment, se dérobait. Avec de la patience il y réussit pourtant. Le poil était plus long qu'il ne l'avait supposé.

Il pressa par désœuvrement quelques points noirs sur son front, mais il ne s'y intéressait pas assez. Il s'allongea sur le lit, ses yeux se fermèrent, mais il ne dormait pas.

Il se raconta une histoire.

«Je suis sur un cheval à la tête de dix mille cosaques Zaporog en folie. Depuis trois jours nos chevaux frappent la steppe de leurs sabots frénétiques. De l'autre bout de l'horizon viennent vers nous, à la vitesse de l'éclair, dix mille cavaliers ennemis. Nous ne nous détournons pas d'un pouce, le choc des deux troupes est effrayant. Moi seul suis resté en selle. Je tire mon sabre courbe et taille dans la masse des hommes à terre. Je ne regarde même pas à qui sont destinés mes coups. Je taille et je hache. Bientôt la plaine n'est plus recouverte que de débris sanglants. J'enfonce le talon de mes bottes dans les flancs de mon cheval qui hennit de douleur. Le vent me serre la tête comme un passe-montagne. Derrière moi, j'entends les cris de mes dix mille cosaques... Non, derrière moi j'entends... non. Je marche par les rues d'une ville, la nuit. Un bruit de pas me fait retourner. J'aperçois une femme qui essaie d'échapper à un matelot aviné. Il a agrippé son corsage qui s'est déchiré. La femme est à moitié nue. Je me précipite sur la brute et l'envoie rouler à terre d'une poussée. Il ne se relève plus. La femme s'approche de moi... non, la femme se sauve... non. Le métro à six heures. Il est bondé. À la station des gens essaient de s'introduire dans les wagons. Ils poussent ceux qui sont à l'intérieur avec leurs fesses, en prenant appui sur le haut de la porte. J'arrive et je pousse un grand coup. Toute la foule qui était dans le wagon défonce les parois qui la contenaient et se déverse sur la voie. La rame de métro venant dans l'autre sens écrase la masse grouillante des voyageurs. Elle avance dans un fleuve de sang... »

Est-ce qu'on avait frappé ? Oui, on avait frappé.

Ce devait être la mystérieuse Mme Dioz.

La vieille femme qui se tenait sur le palier lui causa un choc. Ses yeux étaient cernés de rouge, la bouche dépourvue de lèvres, et le nez touchait presque la pointe du menton.

– J'ai à vous parler, énonça-t-elle d'une voix étonnamment claire.

– Entrez, madame.

Elle s'avança sans gêne jusqu'à la porte de la seconde pièce dans laquelle elle jeta des regards furtifs. Sans fixer Trelkovsky elle lui tendit une feuille de papier quadrillé, il s'en saisit et constata qu'elle était revêtue de nombreuses signatures. De l'autre côté de la feuille un texte de quelques lignes était écrit soigneusement à l'encre violette. C'était une déclaration par laquelle les soussignés protestaient contre une certaine Mme Gadérian qui faisait du bruit après dix heures. La vieille avait reporté son attention sur Trelkovsky et elle observait ses réactions sur son visage.

– Alors? vous signez?

Trelkovsky s'était senti devenir pâle comme s'il avait passé les dents de devant sur un tissu de velours.

Quel cynisme de lui proposer cela! Pour lui montrer ce qui l'attendait sans doute! On voulait lui forcer la main en exerçant sur sa personne un ignoble chantage. Elle d'abord, lui ensuite, et s'il ne voulait pas signer pour elle d'abord, il serait le premier à subir les contrecoups de son refus. Il chercha la signature de M. Zy sur la liste. Elle était en bonne place, avec un certain espace vierge autour d'elle en signe de respect.

– Qui est cette Mme Gadérian? articula-t-il avec difficulté. Je ne la connais pas.

La vieille souffla de fureur.

– On n'entend plus qu'elle après dix heures! Elle marche, elle fait du bruit, elle fait sa vaisselle en pleine nuit. Elle réveille tout le monde ici. Elle rend la vie impossible aux locataires.

– Ne vit-elle pas avec une jeune fille infirme?

– Pas du tout, elle est avec son fils de quatorze ans. Un vaurien qui s'amuse à sauter à cloche-pied toute la journée!

– Vous êtes sûre ? Enfin, je veux dire, vous êtes absolument certaine qu'elle ne vit pas avec une jeune fille ?

– Bien entendu. Demandez à la concierge. Tout le monde vous le dira.

Trelkovsky prit son élan.

– Je regrette, je ne signe aucune pétition. D'ailleurs cette femme ne m'a jamais dérangé, je ne l'ai jamais entendue. Où habite-t-elle exactement ?

La vieille éluda la dernière question.

– Comme vous voulez. Je ne vous force pas. Mais après, si elle vous réveille la nuit, ne venez pas me trouver. Ce sera de votre faute.

– Comprenez-moi, madame. Vous avez sans doute vos raisons, je ne veux pas vous causer du tort, mais je ne tiens pas à signer. Elle a peut-être également ses raisons de faire du bruit.

La vieille ricana d'un air dégoûté.

– Ses raisons ! Ah ! là ! là ! vous me faites rire. Elle est comme ça, voilà tout. C'est une enquiquineuse. Il y a toujours des gens qui veulent enquiquiner le monde. Si les autres ne se défendent pas, ils finissent par se faire marcher sur la tête. Je ne tiens pas à ce que l'on me marche sur la tête, moi, et je ne le permettrai pas. J'irai à qui de droit. Si vous ne voulez pas nous aider, à votre aise, mais ne venez pas vous plaindre plus tard. Rendez-moi ça.

Elle arracha des mains de Trelkovsky sa précieuse feuille. Sans lui dire au revoir, elle alla vers la porte qu'elle referma derrière elle avec violence.

– Les salauds ! les salauds ! jura Trelkovsky entre ses dents. Les salauds ! qu'est-ce qu'ils veulent, que tout le monde crève pour leur faire plaisir. Et ça ne leur suffira peut-être même pas à ces salauds, ces salauds !

La rage le faisait trembler. Il descendit manger au

restaurant, mais en revenant il vibrait encore de colère. Il s'endormit en grinçant des dents.

Le lendemain soir, c'était la femme accompagnée de la jeune fille infirme qui venait frapper à sa porte, un peu avant dix heures. Elle ne pleurait plus. Son regard était dur et méchant, mais il se détendit un peu cependant devant Trelkovsky.

– Ah ! monsieur, vous avez vu ! elle a fait signer une pétition. Elle a réussi. Je vais être obligée de m'en aller. Quelle méchante femme ! Et ils ont tous signé ! Sauf vous monsieur. Je viens vous dire merci. Vous êtes bon.

La jeune fille fixait intensément Trelkovsky. La femme le regardait aussi de ses yeux brillants. Il était gêné par ces deux regards.

– Ma foi, balbutia-t-il, je n'aime pas ce genre de choses, et je ne tiens pas à y être mêlé.

– Non, non, la femme branla la tête comme très lasse soudain, non, vous êtes bon, on le voit dans vos yeux.

Elle se crispa tout d'un coup.

– Mais je me suis vengée ! La concierge aussi est une méchante femme, ce sera bien fait pour elle !

Elle regarda autour d'elle pour s'assurer que personne ne pouvait l'entendre, puis elle reprit en baissant la voix :

– Avec sa plainte et sa pétition elle m'a donné la colique. Alors vous savez ce que j'ai fait ?

La jeune infirme fixait intensément Trelkovsky. Il fit signe qu'il ne savait pas.

– J'ai fait dans l'escalier !

Elle s'esclaffa.

– Oui, j'ai fait caca tout le long de l'escalier.

Ses yeux étaient malicieux comme ceux d'une petite fille.

– À tous les étages, tout le long. C'est de leur faute,

après tout, ils n'avaient pas à me donner la colique. Mais je n'ai pas fait devant chez vous, ajouta-t-elle, je ne veux pas vous causer d'ennuis.

Trelkovsky était horrifié. En un éclair, il se rendit compte que l'absence de souillure devant chez lui, loin de l'innocenter, ne ferait que le condamner plus sûrement. D'une voix rauque, il s'enquit :

– Il… il y a longtemps ?

Elle gloussa.

– Maintenant. Juste à la minute. Quand ils le verront demain, ils vont en faire une tête ! Et la concierge qui sera obligée de tout nettoyer ! Bien fait pour eux, bien fait.

Elle battit des mains. Il l'entendit encore glousser pendant qu'elle descendait l'escalier avec précaution. Il se pencha par-dessus la rampe pour vérifier. Elle n'avait pas menti. Une traînée jaunâtre zigzaguait le long des marches. Il porta la main à son front.

– Ils vont sûrement dire que c'est moi ! Il faut que je trouve un moyen, il le faut.

Il n'allait pourtant pas se mettre à tout nettoyer maintenant. Il risquait à tout moment d'être surpris. Il songea à faire lui-même devant sa porte, mais il n'avait pas envie, et il réfléchit que la différence de couleur et de consistance risquait de le trahir. Il entrevit la solution.

Retenant sa nausée, il prit chez lui un morceau de carton à l'aide duquel il recueillit un peu d'excrément sur les marches de l'étage supérieur. Le cœur lui battait pendant cette expédition, il nageait dans la peur et le dégoût. Il versa le contenu du carton sur le palier devant sa porte. Il partit ensuite se débarrasser du carton aux W.C.

Il était plus mort que vif en revenant. Il mit le réveil à sonner plus tôt que de coutume. Il ne tenait pas à assister à la scène qui suivrait la découverte.

Mais le matin, il ne restait plus trace des événements de la veille. Une forte odeur d'eau de Javel s'exhalait du bois encore humide des marches.

Trelkovsky prit son chocolat et deux tartines au café d'en face.

Il était en avance. Il se rendit tout doucement à pied au bureau. Tout en marchant il observait les passants. Les visages défilaient devant lui à une allure presque régulière comme si leurs propriétaires s'étaient tenus sur un tapis roulant. Visages aux gros yeux exorbités de crapauds, visages maigres et tranchants d'hommes aigris, faces larges et molles de bébés anormaux, cous de taureaux, nez de poissons, becs-de-lièvre. En clignant des yeux il était possible d'imaginer qu'il ne s'agissait que d'un seul visage qui se transformait au fur et à mesure. Trelkovsky s'étonna de l'étrangeté de tous ces visages. Des Martiens, ils étaient tous des Martiens. Mais ils en avaient honte, alors ils essayaient de se cacher. Ils avaient nommé une fois pour toutes leurs monstrueuses disproportions, proportion, et leur laideur inimaginable, beauté. Ils étaient d'ailleurs mais ils ne voulaient pas en convenir. Ils jouaient au naturel. Une vitrine lui renvoya son image. Il n'était pas différent. Pareil, exactement semblable aux monstres. Il faisait partie de leur espèce, mais pour une raison inconnue il était tenu à l'écart. On n'avait pas confiance en lui. Ce qu'ils exigeaient, c'était son obéissance à leurs règles incongrues et à leurs lois absurdes. Absurdes pour lui seulement, parce qu'il n'en distinguait pas toutes les finesses et toutes les subtilités.

Trois jeunes gens tentaient d'accoster une femme devant lui. Elle jeta un mot bref et s'éloigna à grandes enjambées peu gracieuses. Ils rirent très fort en s'envoyant de grandes claques dans le dos.

La virilité aussi le dégoûtait. Il n'avait jamais apprécié cette façon de revendiquer son corps, son sexe et d'en être fier. Ils se vautraient comme des porcs dans leurs pantalons d'homme, mais ils restaient des porcs. Pourquoi se déguisaient-ils, quel besoin éprouvaient-ils de s'habiller puisque toutes leurs façons d'agir suaient le bas-ventre et les glandes qui y étaient accrochées ? Il sourit.

— Que penserait un télépathe s'il s'en trouvait un à côté de moi ?

C'était là une question qu'il se posait souvent. Parfois même, il jouait à penser pour le télépathe inconnu qui était en train de le sonder. Il lui disait toutes sortes de choses, de la confession aux injures, puis, comme au téléphone il cessait de penser pour écouter de toutes ses forces la réponse de l'autre. Bien entendu elle ne venait jamais.

— Il penserait probablement que je suis homosexuel.

Mais il n'était pas homosexuel, il n'avait pas l'esprit assez religieux pour cela. Chaque pédéraste est une sorte de Christ raté. Et le Christ, songea Trelkovsky, était un pédéraste aux yeux plus grands que le ventre. Tous ces personnages étaient écœurants d'humanité.

— Quoique je raisonne ainsi parce que je suis un homme malgré tout. Dieu sait quelle opinion j'aurais si j'avais été une femme…

Il éclata de rire. Mais la vision de Simone Choule dans son lit d'hôpital eut tôt fait de figer le rire sur ses lèvres.

X

LA MALADIE

Il était malade. Depuis quelques jours, il ne se sentait pas bien. Des frissons lui parcouraient le dos, ses mâchoires se mettaient à trembler, son front brûlant se couvrait de sueurs glacées. Au début il avait refusé de se rendre à l'évidence, il avait fait comme si de rien n'était. Au bureau, il se prenait la tête à deux mains pour l'empêcher de bourdonner. Le moindre escalier, une fois gravi, le laissait dans un état pitoyable. Non, il ne pouvait plus continuer ainsi, il était malade, il était abîmé.

Une saleté quelconque s'était introduite dans la mécanique qui mettait en péril son existence. Qu'était-ce? Une plume formant obstacle à la pénétration de deux roues dentées? Un engrenage déréglé? ou un microbe?

Le médecin de quartier qu'il consulta ne le renseigna pas sur les causes de la panne. Il se contenta de lui prescrire à titre de précaution une faible dose d'antibiotiques, et des petites dragées jaunes à prendre deux fois par jour. Il lui avait également recommandé de manger beaucoup de yaourts. Cela sonnait comme une plaisanterie.

— Mais si, c'est nécessaire; je vous assure, beaucoup de

yaourts. Vous vous repeuplerez vos intestins. Revenez me voir dans une semaine.

Trelkovsky passa par la pharmacie avant de regagner son logement. Il en sortit avec de petites boîtes en carton dans les poches qui, confusément, le rassuraient déjà.

À peine arrivé chez lui, il ouvrit les boîtes pour en extraire les notices. Il les lut méthodiquement. Les médicaments qui lui avaient été prescrits possédaient bien des qualités extraordinaires. Mais le lendemain soir il n'allait pas mieux. À son optimisme mitigé succéda un morne désespoir. Il comprenait à présent que les médicaments n'étaient pas miraculeux et que les petites notices n'étaient que des tracts publicitaires. Il le savait déjà, à vrai dire, mais il ne pouvait s'empêcher de jouer le jeu tant que rien ne lui avait prouvé le contraire.

Il était au lit. Il avait très chaud, mais il sentait que ce n'était pas suffisant. Le drap supérieur remonté jusqu'au nez se mouillait de salive à la hauteur de la bouche. Il n'avait pas la force de battre des paupières. Ou bien il gardait les yeux ouverts, en ne fixant rien de précis, ou bien, quand il éprouvait des démangeaisons, il abattait sur l'œil son rideau de fer de peau qui teintait de pourpre l'obscurité quand il regardait vers la fenêtre.

Il se recroquevillait sous les couvertures. Plus que jamais il avait la conscience aiguë de lui-même. Ses dimensions lui étaient familières, il avait employé tant d'heures à observer et à redessiner son corps que maintenant, il se sentait comme un ami qui en retrouve un autre malchanceux. Il cherchait à s'éparpiller le moins possible, pour ne pas donner prise à la faiblesse. Les mollets étaient contre les cuisses, les genoux venaient presque toucher le plexus, les coudes serrés au corps.

Sa hantise était d'éviter que, la tête reposant sur l'oreiller d'une certaine manière, le bruit de son cœur ne lui fût perceptible. Il se retournait dix fois avant de découvrir enfin une position privilégiée de sourd. Car il ne supportait pas d'entendre ce bruit horrible qui témoignait la fragilité de son existence. Il s'était souvent demandé si chaque homme n'avait pas un nombre donné de coups à faire battre par son cœur dans sa vie. Quand malgré ses efforts il continuait à percevoir le cœur palpitant qui se débattait dans sa poitrine, il se sauvait carrément sous les couvertures. Il rentrait la tête sous le drap, et de ses yeux grands ouverts observait son corps tapi dans l'ombre. Ainsi vu, il prenait une allure formidable et massive. L'odeur âcre et prenante de bête le fascinait, il se sentait étrangement apaisé. Il avait besoin de son odeur pour être sûr d'exister. Il se forçait à péter pour que cette odeur soit plus forte encore, plus insoutenable. Il demeurait le plus longtemps possible sous les draps, près d'étouffer, mais quand il ressurgissait à l'air libre, il s'était fortifié. Il doutait moins de l'issue de la maladie, une sérénité nouvelle succédait à son angoisse.

La nuit, son état empira. Il s'éveilla dans des draps trempés de sueur. Il claquait des dents. Il était tellement abruti par la fièvre qu'il n'avait même pas peur. Il s'enveloppa dans une couverture et alla se faire bouillir de l'eau sur un petit réchaud électrique qui datait de l'ancienne locataire. Quand l'eau eut bouilli il se confectionna une boisson rudimentaire en la versant à travers une passoire pleine d'un vieux thé défraîchi. Le breuvage, avec les deux comprimés d'aspirine qu'il absorba en même temps, lui fit du bien.

Il se recoucha, mais dès qu'il eut tourné l'interrupteur et que l'obscurité fut revenue, il eut la sensation que la pièce dans laquelle il se trouvait diminuait de taille au point d'épouser parfaitement le volume de son corps. Il étouffait. Lorsqu'il alluma, la pièce, d'un bond, reprit ses dimensions normales. Libéré, il respira très fort pour reprendre haleine.

– C'est idiot, marmonna-t-il.

Il éteignit. La chambre, comme un élastique tendu qu'on lâche à une extrémité, se rabattit sur Trelkovsky. Tel un sarcophage, elle l'entourait, lui broyait la poitrine, lui enserrait la tête, lui écrasait la nuque.

Il suffoquait déjà. Heureusement, au dernier moment, son doigt retrouva l'interrupteur. La libération fut aussi brusque que la première fois.

Il décida de s'endormir avec la lumière.

Mais ce n'était pas si facile! La pièce ne changeait plus de dimensions à présent. Non, c'était sa consistance qui se métamorphosait.

Plus exactement, la consistance de l'espace entre les meubles de l'appartement.

Comme si, après l'avoir inondé d'eau, celle-ci se fût transformée en glace. L'espace entre les choses était brusquement devenu aussi palpable qu'un iceberg. Et lui, Trelkovsky, était une de ces choses. Il était de nouveau emprisonné. Non plus dans la gangue du logement, mais dans celle du vide. Il tenta de remuer pour briser l'illusion, sans succès.

Il demeura prisonnier pendant plus d'une heure. Il ne dormait toujours pas.

Soudain, sans raison apparente, le phénomène cessa. Le charme était rompu. Pour vérifier, il ferma un œil. Oui, il pouvait bouger.

Mais son mouvement avait déclenché un nouveau processus.

Il avait fermé l'œil gauche, eh bien, cela ne lui avait rien dissimulé malgré le rétrécissement du champ visuel! Les choses s'étaient simplement tassées sur la droite. Il ferma l'œil droit, incrédule. Les choses se tassèrent immédiatement sur la gauche. Ce n'était pas possible! Il prit pour repère une tache sur le papier peint et cligna des yeux. Mais quand sa tête ne bougeait pas, c'était le repère qu'il oubliait, et lorsqu'il se souvenait du premier repère, il ne parvenait pas à se souvenir du second. Il s'obstina en vain. À force de cligner de l'œil gauche puis de l'œil droit, une migraine atroce s'était déclarée. La douleur lui essorait le cerveau. Il ferma les paupières, le spectacle de la chambre ne disparut pas. Il voyait aussi bien que si ses paupières avaient été de verre.

Cette nuit de cauchemar s'acheva enfin.

Le sommeil s'empara de lui et ne le quitta que tard dans l'après-midi.

Il entendait dehors les ouvriers qui réparaient la verrière. Il voulut se lever mais il était trop faible. Il avait un peu faim.

La solitude lui apparut dans toute son horreur.

Personne pour s'occuper de lui, pour le dorloter, pour lui passer une main fraîche sur le front afin d'évaluer sa fièvre.

Il était seul, absolument seul, comme s'il était en train de mourir. Si cela se produisait, au bout de combien de jours découvrirait-on son cadavre? Dans une semaine? dans un mois? Qui pénétrerait le premier dans le sépulcre?

Les voisins, sans doute, ou le propriétaire. On ne se souciait pas de lui mais il en allait autrement pour le loyer. Même mort, on ne lui permettrait pas de jouir gratuitement de ce logement qui ne lui appartenait pas. Il tenta de réagir.

– J'exagère, je ne suis pas si seul que cela. Je m'attendris sur mon sort, pourtant je suis certain qu'en cherchant bien, voyons...

Il cherchait, il voyait, mais non, il était seul, seul comme il ne l'avait encore jamais été. Il se rendit compte du changement intervenu dans sa vie. Pourquoi? Que s'était-il produit?

L'impression d'avoir la réponse sur le bout de la langue l'agaça. Pourquoi? Il devait y avoir une réponse. Lui, qui avait toujours été entouré d'amis, de relations, de connaissances de toutes sortes, qu'il conservait jalousement en prévision justement des jours où il en aurait besoin, il se retrouvait sur une île déserte au milieu d'un désert!

Quel inconscient avait-il été! Il ne se reconnaissait pas.

Les coups de marteau des ouvriers le tirèrent de sa désolation. Puisque personne ne s'occupait de Trelkovsky, Trelkovsky s'en occuperait.

D'abord, manger.

Il se vêtit tant bien que mal. L'escalier fut difficile à descendre. Au début il n'éprouva pas de difficulté, mais rapidement les marches de bois se muèrent en marches de pierre. Leur surface était grossière et mal taillée. Il trébuchait contre les aspérités, il se cognait durement aux arêtes coupantes. Puis, du grand escalier, d'innombrables petits escaliers divergèrent. De petits escaliers tortueux, des escaliers sauvages aux marches touffues, des escaliers dont on ne savait plus très bien si l'on était à l'extérieur ou à l'intérieur. Dans ce dédale, il avait grand mal à se diriger. Il s'égarait souvent. Il aboutit, après avoir descendu un escalier qui était rapidement devenu ascendant, à un plafond. Il n'y avait pas de porte ni de trappe pour continuer. Rien qu'un plafond blanc et lisse qui l'obligeait à baisser la tête. Il se résigna à faire demi-tour. Mais comme si l'escalier s'était trouvé en équilibre sur un axe autour duquel il pivotait, dès qu'il atteignait un certain niveau il basculait. Il devenait alors nécessaire de monter au lieu de descendre, puis de descendre au lieu de monter.

Trelkovsky était très las. Depuis combien de siècles errait-il dans ces charpentes infernales ? Il l'ignorait. Il savait obscurément que son devoir était d'avancer.

Souvent, des têtes jaillissaient du mur pour l'observer curieusement. Les visages n'avaient aucune expression et pourtant il entendait des rires et des ricanements. Les têtes ne demeuraient jamais très longtemps. Elles disparaissaient très vite, mais un peu plus loin, d'autres têtes semblables sortaient pour dévisager Trelkovsky. Il eut envie de courir le long des murs avec une gigantesque lame de rasoir pour couper tout ce qui dépassait. Il ne possédait aucune lame malheureusement.

Il ne s'aperçut pas qu'il était arrivé au rez-de-chaussée. Il continuait à tourner, à descendre et à remonter. Il finit par remarquer l'ouverture béante de la voûte. La lumière le fit chanceler.

Il ne se souvenait plus, maintenant, du but de son expédition. Sa faim était passée. Le seul désir qui lui restait était celui de se trouver dans son lit. Sa maladie devait être plus grave qu'il ne l'avait crue. La remontée s'effectua sans encombre. Il n'eut pas le courage de se déshabiller. Il se glissa entre les draps sans ôter ses chaussures. Même ainsi il claquait des dents.

À son réveil il faisait nuit. Il n'allait pas mieux, mais l'abrutissement de la fièvre l'avait quitté, faisant place à une extraordinaire sensation de lucidité. Il se leva facilement. Avec méfiance, il hasarda quelques pas, mais il n'en ressentit aucun vertige. Il avait plutôt l'impression de ne pas toucher le sol. Cette amélioration lui permit de se dévêtir. Il s'approcha de la fenêtre pour disposer ses habits sur le dossier d'une chaise. Machinalement, il regarda le vasistas d'en face. Il aperçut, accroupie au-dessus du trou des W.C., une femme qu'il reconnut du premier coup d'œil. Simone Choule.

Il colla son nez contre la vitre. Alors, comme si elle avait deviné sa présence, elle tourna lentement le visage dans sa direction. D'une main, elle se mit à défaire le bandage qui le recouvrait. Elle n'en laissa apparaître que la moitié inférieure, jusqu'à la base du nez. Un affreux sourire élargit sa bouche. Elle ne bougea plus.

Trelkovsky se passa la main sur le front. Il aurait voulu s'arracher au spectacle du vasistas. Mais il n'en avait pas la force.

Simone Choule s'était remise en mouvement. Aucun des gestes qu'elle fit pour s'essuyer, puis pour tirer la chaîne n'échappèrent à Trelkovsky. Il la vit se rajuster et sortir. La lumière de la minuterie s'éteignit.

Alors seulement il réussit à se détourner. Il continua à retirer ses vêtements, mais ses doigts tremblaient en déboutonnant sa chemise. Il dut tirer dessus pour s'en débarrasser. Elle se déchira avec un bruit lugubre. Il ne le remarqua pas. Il ne songeait qu'au spectacle auquel il venait d'assister.

Ce n'était pas tellement la vision du spectre de Simone Choule qui le troublait, puisqu'il se doutait bien que la fièvre était responsable de son hallucination, mais un sentiment bizarre qu'il avait éprouvé en l'apercevant.

Durant quelques secondes, il s'était cru transporté dans les W.C. et de cet endroit il regardait la fenêtre de son appartement. Il y avait vu, le nez appuyé contre la vitre, un homme lui ressemblant à s'y méprendre, les yeux exorbités par l'épouvante.

XI

LA RÉVÉLATION

La fièvre était partie. Pourtant Trelkovsky avait du mal à reprendre sa vie normale. En se retirant, la fièvre avait dû emporter un morceau de lui-même, car il se sentait incomplet. Ses sensations émoussées lui donnaient continuellement l'impression de retarder sur son corps. Il était mal à l'aise.

Ce matin-là, en se levant, il lui semblait obéir à une volonté autre que la sienne. Il chaussa ses pantoufles, passa une robe de chambre et alla faire bouillir de l'eau pour le thé. Il était encore trop faible pour retourner au bureau.

L'eau bouillait. Il la fit couler sur la passoire contenant les feuilles de thé. La tasse s'emplit d'un beau liquide, aussi nuancé qu'une encre de Chine de couleur, à l'arôme discret mais irrésistible. Trelkovsky ne sucrait jamais son thé. Il mettait un morceau de sucre dans sa bouche et buvait ensuite à petites gorgées.

Les coups de marteau des ouvriers qui réparaient la verrière retentissaient en bas. Trelkovsky mit machinalement un sucre sur sa langue et la tasse à la main s'approcha de la fenêtre. Les deux ouvriers avaient le nez en l'air. Ils ricanèrent en voyant Trelkovsky. Au début, il crut se tromper, être le jouet d'une illusion d'optique. Mais il dut bientôt se rendre à l'évidence : les ouvriers se moquaient ouvertement de lui. Il en fut interloqué, puis irrité. Il fronça les sourcils pour leur manifester sa réprobation, il ne constata aucun changement dans leur attitude.

– C'est trop fort, à la fin !

Il ouvrit la fenêtre d'un geste brusque, et se pencha par-dessus l'appui. Les ouvriers ricanèrent de plus belle.

Trelkovsky tremblait de colère. À tel point que la tasse lui échappa des mains. Au moment où il se baissait pour en ramasser les morceaux, il entendit de grands éclats de rire. Ils devaient s'esclaffer de sa maladresse.

Il regarda, en effet, les ouvriers le fixaient en souriant méchamment.

– Mais que leur ai-je fait ?

Il ne leur avait rien fait. Ils étaient simplement ses ennemis, alors, de bonne guerre, ils se moquaient de lui. C'était plus qu'il n'en pouvait supporter.

– Que désirez-vous ? cria-t-il, en feignant de se tromper sur l'intention des deux hommes.

Leur sourire dur et méchant s'accentua. Ils le dévisagèrent encore quelques instants puis se remirent au travail. Mais de temps à autre, ils jetaient des regards sournois vers sa fenêtre, et même lorsqu'ils étaient aux trois quarts de dos, Trelkovsky discernait le sourire qui retroussait cruellement leurs lèvres.

Il restait là, pétrifié par l'étonnement et la révolte, cherchant vainement une raison à ce qui venait de se produire.

– Qu'ai-je de ridicule ?

Il alla vers la glace et se dévisagea.

Il ne se ressemblait plus!

Il scruta le miroir. Un grand cri s'échappa de sa gorge. Il s'évanouit.

Il reprit connaissance au bout d'un temps indéterminé. Il s'était fait très mal en tombant. Après s'être péniblement remis debout, la première chose qu'il aperçut fut son visage fardé dans le miroir. Il pouvait contempler le rouge à lèvres, le fond de teint, le rose aux joues, le rimmel des yeux.

Sa peur prit une telle réalité qu'il la sentit se solidifier d'un seul coup dans sa gorge. Ses arêtes devaient être aussi acérées que celles d'une scie car elles lui écorchaient le larynx. Pourquoi était-il déguisé?

Il n'était pas somnambule, pourtant. D'où provenaient les produits de beauté? Il se mit à fouiller l'appartement. Il n'eut pas à chercher longtemps. Il les trouva dans un tiroir de la commode. Il y avait au moins une dizaine de flacons de toutes les tailles et de toutes les couleurs, avec des tubes et des petits pots de pommade.

Était-il en train de devenir fou?

Il s'empara sauvagement des bouteilles et les lança contre le mur, où elles se brisèrent bruyamment.

Les voisins tapèrent au mur.

Il devenait fou, lui? Il éclata de rire.

Les voisins redoublèrent de coups.

Il cessa de rire. Il comprenait. Ce n'était pas drôle.

La sueur colla sa chemise contre sa peau. Il se laissa tomber sur le lit. Il tentait désespérément de repousser l'explication qui s'était imposée à son esprit, mais déjà il devinait que c'était inutile. La vérité éclatait comme un feu d'artifice.

C'était de leur faute.

Les voisins le transformaient lentement en Simone Choule !

Par mille petites mesquineries, par une vigilance de tous les instants, par une volonté de fer les voisins modifiaient sa personnalité. Ils étaient tous de connivence, tous coupables. Il était tombé comme un innocent dans leur piège effroyable. Ils se déguisaient pour l'abuser. Ils se conduisaient de manière bizarre pour le troubler et faire perdre pied à sa logique. Il n'avait été qu'un jouet dans leurs mains. En repensant à tous les détails de son séjour dans l'appartement, il comprit qu'il en avait été ainsi dès le début. La concierge avait tout de suite attiré son attention sur la fenêtre des W.C. Elle connaissait les phénomènes étranges qui s'y dérouleraient. Point n'était besoin, non plus, de chercher plus longtemps qui volait les ordures tombées dans l'escalier. C'étaient les voisins.

C'étaient également les voisins qui l'avaient cambriolé, pour couper les ponts et lui ôter toute possibilité de retour en arrière. Ils lui avaient volé son passé. C'étaient les voisins, encore, qui tapaient au mur dès que son ancienne personnalité ressurgissait. C'étaient eux qui lui avaient fait perdre ses amis, qui lui avaient donné l'habitude des pantoufles et de la robe de chambre. C'était un voisin employé dans le café d'en face qui lui avait fait adopter le chocolat à la place du café et les Gitanes à la place des Gauloises. Sournoisement, ils lui avaient dicté tous ses gestes et toutes ses décisions. Ils l'avaient pris en main.

Et maintenant, profitant de son sommeil, ils avaient décidé de frapper un grand coup. Ils l'avaient grimé et fardé. Mais ils avaient mal calculé, c'était une erreur, il n'était pas encore à point. C'était trop tôt.

Il se souvint de ses réflexions sur la virilité. C'était donc cela! Même ses pensées personnelles lui étaient imposées.

Il sortit un paquet de cigarettes de sa poche. Il en alluma une. Il fallait réfléchir le plus calmement possible. Ne pas s'affoler surtout. Il aspira de longues bouffées qu'il rejetait par le nez. Et le propriétaire?

Il était certainement le chef. C'était lui qui dirigeait la meute de ses bourreaux. Et la vieille? Et la femme avec la jeune fille infirme? Victimes? Voisins? Des voisins, sans doute, chargés de Dieu sait quelle mission secrète. Et Stella?

Avait-elle été avertie de sa prochaine venue à l'hôpital? Ne s'y trouvait-elle que dans le dessein de l'intercepter pour lui faire subir une influence dont il se méfierait d'autant moins qu'elle semblerait venir de l'extérieur? Il décida de miser sur son innocence, il ne pouvait pas voir des ennemis partout! Il n'était pas fou!

Pour lui en vouloir à ce point, quel crime avait-il commis? Peut-être le même que celui de la mouche prise au piège dans la toile de l'araignée. L'immeuble était un piège, le piège fonctionnait. Il était même possible qu'il n'y eût aucune animosité personnelle contre lui. Mais il revit les visages autoritaires et impérieux des voisins, et il abandonna cette hypothèse. Pourquoi se leurrer? Si, il y avait une animosité personnelle contre Trelkovsky. On ne lui pardonnait pas d'être ce Trelkovsky justement, et on le haïssait pour cela, et on le punissait pour cela.

Était-ce donc uniquement pour le punir que la gigantesque machine avait été mise en marche? Pourquoi un tel déploiement à son seul usage? Le méritait-il? Était-il un condamné de choix?

Il secoua la tête. Non, ce n'était pas possible. Il devait y avoir autre chose.

Une question se posa à lui : Était-il la première victime ?

Puis une autre : En qui avait-on transformé Simone Choule ?

Depuis combien de temps le piège fonctionnait-il ? De quelle longueur était la liste des locataires métamorphosés ? Tous avaient-ils choisi la même fin que Simone Choule, ou bien étaient-ils chargés de perpétuer les voisins décédés ? Était-ce là, leur façon de se reproduire ? Dans ce cas, Simone Choule aurait-elle fait partie du complot ? Étaient-ce des mutants, des extraterrestres, ou simplement des assassins ? Trelkovsky se représenta l'ancienne locataire enveloppée de bandages, la bouche béante.

Un voisin se suicider ? Allons donc ! non, Simone Choule était une victime, pas un bourreau.

Il écrasa son mégot dans le cendrier. Pourquoi, pourquoi désirait-on le transformer ?

Alors sa respiration s'interrompit, ses yeux s'agrandirent de terreur.

Le jour où il ressemblerait absolument, TOTALEMENT, à Simone Choule, il devrait agir comme elle. IL SERAIT OBLIGÉ DE SE SUICIDER. Même s'il n'en avait pas envie, il n'aurait plus son mot à dire.

Il courut à la fenêtre. En bas, les ouvriers ricanaient en regardant sa fenêtre. C'était donc pour cela qu'ils réparaient la verrière ! Pour lui !!

La tête lui tourna, il dut se rasseoir.

Mais il ne désirait pas mourir ! C'était un assassinat ! Il pensa à la police, mais devina qu'elle ne lui serait d'aucun secours. Que dire en effet pour convaincre un commissaire incrédule et de surcroît ami de M. Zy ? Alors, fuir ? Pour aller où ? N'importe où, quitter la maison alors qu'il en était encore temps. Il ne pouvait quand même pas abandonner son droit au bail! Il existait sûrement une solution! Il finit par en adopter une.

Tenir encore quelque temps en faisant semblant de se transformer pour ne pas donner l'éveil. Trouver preneur pour l'appartement, puis partir sans laisser sa nouvelle adresse.

Deux points, cependant, n'étaient pas satisfaisants dans cette solution. Le premier était que le prochain locataire, non prévenu, serait la prochaine victime, le second que le propriétaire refuserait peut-être toute opération concernant l'appartement. Il était impossible de ne pas l'avertir. L'idéal aurait été de partir sans prévenir quiconque, en abandonnant tout, mais les économies de Trelkovsky avaient été englouties dans la reprise. Il ne possédait plus de quoi subsister. Sa seule chance était de gagner du temps et de l'argent.

Il décida de descendre faire une petite promenade dans le quartier, fardé et pomponné. Il lui faudrait supporter les quolibets des enfants et le mépris des passants, mais c'était à ce prix seulement qu'il conserverait un espoir de sauvegarder sa peau.

TROISIÈME PARTIE

L'ANCIENNE LOCATAIRE

XII

LA RÉVOLTE

Depuis que Trelkovsky avait eu la révélation de la machination destinée à l'abattre, il prenait un plaisir douloureux à rendre la métamorphose aussi parfaite que possible. Puisqu'on voulait le transformer malgré lui, il leur montrerait de quoi il était capable tout seul. Il les battrait sur leur propre terrain. À leur monstruosité il répondrait par la sienne.

Le magasin sentait la poussière et le linge sale. La vieille femme qui s'y trouvait ne parut pas étonnée par l'aspect de Trelkovsky. Elle devait avoir l'habitude. Il choisit longuement parmi toutes les perruques qu'elle lui proposait. Les prix étaient plus élevés qu'il ne l'avait supposé. Il opta malgré tout pour la plus coûteuse. Quand il l'essaya, les cheveux l'enveloppèrent comme une fourrure. Ce n'était pas désagréable. Il sortit de la boutique sans l'avoir ôtée. La chevelure lui fouettait doucement le visage tel un drapeau. Contrairement à ce qu'il croyait, les passants ne se retournèrent pas sur lui. Il cherchait en vain dans leur regard trace d'hostilité. Non, ils étaient indifférents. Et de fait pourquoi en aurait-il été autrement? En quoi les empêchait-il de vivre ? De se comporter, eux, selon leur habitude ? Ainsi accoutré, il les gênait moins, car il n'était plus un citoyen à part entière, il renonçait à son droit de parole. Son opinion n'avait plus d'importance. Ce n'était pas un drapeau qu'il avait sur la tête, mais une housse. Une housse qui recouvrait pudiquement sa honteuse existence. Eh bien, puisqu'il en était ainsi, il irait jusqu'au bout. Il envelopperait entièrement son corps de pansements, pour éviter qu'ils ne voient la plaie qu'il était devenu.

Il fit l'acquisition d'une robe, de lingerie, de bas et d'une paire d'escarpins à talons hauts. Il revint à l'appartement, en hâte, pour se déguiser.

— Plus vite, se répétait-il, qu'ils constatent tous ce que je suis devenu à cause d'eux. Qu'ils en soient terrifiés et honteux. Qu'ils n'osent plus me regarder en face.

Il courait presque dans l'escalier. En refermant la porte il ne put se contenir et éclata de rire. Mais sa voix était trop grave. Il s'amusa à parler avec une voix de fausset. Il murmura puis cria des phrases idiotes.

— Mais oui, ma chère, elle n'est pas aussi jeune qu'elle le prétend, elle est née la même année que moi. Je crois que je suis enceinte.

L'emploi d'un adjectif au féminin lui sembla soudain d'un pouvoir érotique extraordinaire. Il prononça :

— Enceinte… enceinte…

Puis il en essaya d'autres.

— Contente… Mécontente… Bien faite… Existante… Heureuse…

Il décrocha la glace afin de mieux suivre les étapes de sa transformation. Il se déshabilla complètement. Il était tout nu, avec seulement la perruque qu'il avait conservée. Il s'empara de son rasoir et de la crème à raser, et se rasa méthodiquement les jambes, des cuisses aux chevilles. Il ceignit le porte-jarretelles autour de sa taille, puis il enfila les bas qu'il accrocha, bien tendus et bien lisses aux petits appareils de caoutchouc. Le miroir lui renvoyait l'image de ses cuisses et de son sexe qui pendait au milieu. Cela le gêna. Il le coinça entre les cuisses pour le dissimuler. L'illusion était presque parfaite, malheureusement il était obligé de tenir les cuisses serrées, et ne pouvait se déplacer qu'à tout petits pas. Il parvint pourtant à enfiler le petit slip transparent de dentelles, dont le contact était infiniment plus agréable que celui de ses caleçons ordinaires. Ensuite, il noua le soutien-gorge renflé par les faux seins, puis la combinaison, la robe. Les hauts talons enfin.

L'image d'une femme se trouvait dans le miroir. Trelkovsky était émerveillé. Ce n'était pas plus difficile que cela de créer une femme ! Il parcourut la pièce en roulant des hanches. De dos, quand il regardait par-dessus son épaule, c'était encore plus troublant. Il imita un numéro qu'il avait vu exécuter, jadis, par un artiste de music-hall. Les bras croisés par-devant, il se prenait la taille avec les mains, si bien qu'on avait l'impression, derrière lui, de voir un couple enlacé. L'impression était d'une justesse extraordinaire, renforcée encore par le travesti. C'étaient ses mains, ses propres mains qui caressaient l'étrangère. De la main gauche, il releva la robe. La droite s'introduisait par l'encolure et défaisait le soutien-gorge. L'excitation le gagna comme s'il tenait une vraie femme dans ses bras. Petit à petit, il se dénuda. Il ne conserva que ses bas et son porte-jarretelles pour le lit…

Une douleur atroce le tira du sommeil. Il voulut hurler mais les sons se transformèrent en bulles de sang. Du sang, il y en avait partout. Les draps étaient détrempés par un mélange de salive et de sang. Dans la bouche, une douleur intolérable le vrillait. Il n'osait pas remuer la langue pour découvrir la source de douleur. Vacillant, il marcha jusqu'au miroir.

Naturellement! Il aurait dû s'y attendre. Il y avait un trou dans sa bouche : une incisive supérieure manquait!

Les sanglots jaillirent de sa gorge, entraînant bientôt la nausée. Il vomissait sans y penser, comme il pleurait, en marchant à travers l'appartement. Il était écrasé d'horreur. La peur, devenue trop grande pour lui, débordait par le goulot.

Qui?

Étaient-ils venus à plusieurs, l'un assis sur sa poitrine peut-être, tandis que les autres farfouillaient dans sa bouche? Ou bien avaient-ils délégué un bourreau qui avait procédé seul à l'opération? Et la dent, où se trouvait-elle?

Il chercha parmi les draps et le sang, en vain. Et puis, il ne fut plus nécessaire de chercher. Il savait où était son incisive. Il le savait avec une telle conviction qu'il n'alla même pas vérifier tout de suite. Il se rinça longuement la bouche d'abord. Après seulement il déplaça l'armoire, pour retirer du trou les deux incisives, ensanglantées toutes deux. Elles roulèrent ensemble dans sa paume et il eut beau les examiner longtemps, il ne réussit pas à distinguer laquelle lui appartenait. Il se passa machinalement la main sur le cou, qu'il tacha de rouge.

Quand le pousserait-on par la fenêtre? Agir comme il l'avait fait était dangereux. Plus vite il se transformerait, il ne le comprenait que trop bien maintenant, plus vite aurait lieu l'exécution. Au lieu d'abonder dans le sens des voisins, il devait freiner de toutes ses forces.

Quel fou avait-il été! Il leur avait donné à croire que la

transformation était achevée; et eux, crédules, s'étaient laissé convaincre. Il devait au contraire leur démontrer que c'était loin d'aboutir, qu'ils avaient encore pas mal de travail en perspective. Métamorphoser Trelkovsky en Simone Choule n'était pas aussi aisé! Il allait le leur prouver.

Il s'habilla en homme, cette fois, et descendit rapidement l'escalier. Était-ce un hasard? M. Zy ouvrit sa porte au moment où il passait devant. Il le dévisagea sévèrement, sans aménité.

– Dites-moi, monsieur Trelkovsky, vous souvenez-vous de mes recommandations au sujet de l'appartement?

Trelkovsky dut se retenir pour ne pas lui répondre par une accusation en pleine face. Mais il se borna à demander aimablement:

– Je dois sûrement m'en souvenir, monsieur Zy, de quoi s'agit-il, s'il vous plaît?

– Vous vous rappelez ce que je vous ai dit à propos des animaux, chiens, chats, ou toute autre espèce?

– Certainement, monsieur Zy.

– De ce que je vous ai dit au sujet des instruments de musique?

– Je m'en souviens également, monsieur Zy.

– Et au sujet des femmes, vous vous souvenez?

– Naturellement, monsieur Zy.

– Alors pourquoi amenez-vous des femmes chez vous?

– Mais je n'ai amené aucune femme chez moi, monsieur Zy.

– Taratata, je sais ce que je dis. En passant devant votre porte, tout à l'heure, je vous ai distinctement entendu vous entretenir avec une femme. Alors?

Trelkovsky était ébahi. Le but du complot était-il simplement de le mettre à la porte? Non, ce n'était pas possible, cela aurait été trop beau. Que désirait M. Zy, dans ce cas?

– Écoutez, monsieur Zy, il n'y avait aucune femme chez moi, vous avez mal entendu, je devais chanter, simplement.

– Ce n'est pas mieux. Mais j'ai distinctement entendu une voix féminine.

Trelkovsky se maîtrisa pour ne pas l'injurier. Cela ne lui était pas trop difficile, il en avait l'habitude.

– Tout le monde peut se tromper, monsieur Zy. Je ne me serais jamais permis d'amener des femmes chez moi. Je pense que vous avez dû confondre avec des gens qui se trouvaient, soit dans l'escalier, soit dans un autre appartement. L'acoustique de ces vieilles maisons joue souvent de pareils tours!

Trelkovsky se remit à descendre l'escalier en se félicitant de sa repartie. Il lui avait rivé son clou, au propriétaire! Il irait sans doute raconter aux autres que la victime n'était pas encore à point. Trelkovsky avait gagné un petit sursis.

Il se rendit au café d'en face. Le garçon lui fit un signe de tête, et sans lui demander quoi que ce fût, lui amena un chocolat et deux tartines. Trelkovsky le laissa agir sans intervenir jusqu'au dernier moment. Puis il annonça qu'il ne désirait qu'un café. Le garçon le fixa avec stupeur. Il esquissa un mouvement de protestation.

– Mais... vous ne voulez pas de chocolat?

– Non, j'ai dit que je voulais un café.

Le garçon alla parler à voix basse au patron qui se tenait à la caisse. Il ne percevait rien de leur conversation, mais il les vit jeter des coups d'œil dans sa direction. Le garçon revint finalement vers Trelkovsky. Il avait l'air ennuyé.

– C'est que, voyez-vous, la machine est en panne. Vous ne voulez vraiment pas de chocolat ?

– Je désirais un café, mais puisqu'il en est ainsi servez-moi un verre de vin rouge. Je suppose que vous n'avez pas de Gauloises ?

Le garçon balbutia que non.

Il but son verre avec délectation, puis remonta chez lui.

Le lendemain il recevait au premier courrier une convocation du commissariat de police. Il était persuadé qu'il s'agissait du cambriolage dont il avait été victime, mais le commissaire le détrompa vite.

– J'ai reçu plusieurs plaintes vous concernant, aboya-t-il sans préambule.

– Des plaintes ?

– Oui, et ne faites pas l'étonné. On me parle beaucoup de vous, monsieur Trelkovsky. Beaucoup trop. Vous faites un tapage infernal le soir.

– Mon Dieu, monsieur le commissaire, vous m'étonnez. On ne m'a jamais rien dit. Je n'ai pas l'habitude de faire du bruit. Je travaille, comprenez-vous, et je suis obligé de me lever de bonne heure. Je n'ai pratiquement pas d'amis, et je ne reçois jamais chez moi. Vous me surprenez beaucoup.

– Possible, mais je m'en fiche. Moi, vos petites histoires ne me regardent pas, j'ai autre chose à faire. Seulement, je reçois des plaintes pour tapage nocturne, et mon devoir c'est de veiller au maintien de l'ordre, alors je vous déclare tout net : Cessez de faire du bruit. Monsieur Trelkovsky. C'est un nom russe, ça ?

– Je crois, oui, monsieur le commissaire.

– Vous êtes russe ? Vous êtes naturalisé ?

– Non, je suis né en France, monsieur le commissaire.

– Vous avez servi sous les drapeaux ?

– J'ai été réformé, monsieur le commissaire.

– Faites voir votre carte d'identité.

– Voilà.

Le commissaire examina attentivement la carte. Il la rendit avec un soupir de dépit car il n'avait rien découvert d'illégal.

– Elle est en bien mauvais état, dut-il se résigner à faire remarquer.

Trelkovsky esquissa un geste d'excuse.

– Enfin… bon, pour cette fois je veux bien fermer les yeux. Mais si j'entends encore parler de vous, gare ; je ne peux pas laisser un olibrius troubler l'ordre.

– Merci beaucoup, monsieur le commissaire. Je vous assure pourtant que je n'ai pas coutume de faire du bruit.

Le commissaire, agacé, lui fit signe de partir immédiatement. Il n'avait pas de temps à perdre, lui.

Trelkovsky s'arrêta chez la concierge qui l'avait regardé approcher sans lui adresser le moindre signe de reconnaissance.

– J'aimerais savoir qui a déposé une plainte contre moi, le savez-vous ?

Elle pinça les lèvres.

– Si vous ne faisiez pas de bruit, on ne déposerait pas de plainte contre vous. Vous n'avez qu'à vous en prendre à vous-même. Moi, je ne sais rien.

– Il y a eu une pétition ? C'est cette même vieille femme qui est venue me voir l'autre fois sans doute ? Et vous l'avez signée ?

La concierge se détourna franchement de lui comme s'il était un spectacle par trop répugnant.

– Je ne sais rien. Et cessez de me questionner, je n'ai rien à vous dire. Bonsoir.

Il devait agir vite s'il voulait échapper aux voisins. Le
filet se resserrait rapidement. Ce n'était pas facile. Il tentait de se comporter normalement, comme avant, mais il
se surprenait immédiatement à accomplir un geste qui
n'était pas le sien, à raisonner d'une manière qui ne lui
appartenait pas. Il n'était déjà plus tout à fait Trelkovsky.
Qu'était Trelkovsky ? Comment le savoir ? Il lui était nécessaire de le découvrir afin de ne plus s'en écarter, comment ?

Il ne fréquentait plus ses anciens amis, il ne se rendait
plus dans les endroits où il aimait se retrouver jadis. Il
s'était effacé, petit à petit, gommé par les voisins. Ce qu'ils
dessinaient à la place de son ancienne personnalité, c'était
la silhouette fantôme de Simone Choule.

– Il faut que je me retrouve !

Qu'est-ce qui était lui, uniquement lui ? Qu'est-ce qui
le différenciait des autres ? Quelle était sa référence, son
label ? Qu'est-ce qui lui faisait dire : C'est moi, ou ce n'est
pas moi ? Il avait beau chercher, il l'ignorait. Il se rappela
son enfance. Les gifles reçues et les idées aussi, mais il n'y
découvrait rien d'original. Ce qui lui sembla le plus important était un épisode peu reluisant dont il se souvenait
comme d'un rêve.

Une fois, à l'école, il avait demandé à sortir pour aller
aux waters, et comme il y était demeuré trop longtemps,
on avait envoyé une petite fille pour voir ce qu'il était
devenu. En rentrant dans la classe, la maîtresse avait gros-
sièrement demandé : Alors, Trelkovsky, vous n'êtes donc
pas tombé dans le trou ! Tous les élèves l'avaient hué. Lui,
était rouge de honte.

Cela suffisait-il à le définir ? Il se souvenait de sa peine
et de sa honte. Mais il n'en comprenait plus très bien les
raisons.

XIII

L'ANCIEN TRELKOVSKY

Scope et Simon étaient déjà installés à leur place habituelle, près du radiateur. Ils saluèrent Trelkovsky de grands cris moqueurs.

– Voilà un revenant! Tu te souviens quand même de tes amis? Lâcheur!

Assez gêné, Trelkovsky traversa la salle du restaurant pour rejoindre leur table. Ils en étaient aux hors-d'œuvre.

– Tu as pu échapper à tes voisins?

Il murmura une explication, et s'assit en bout de table.

– Tiens, tu te mets là maintenant? Tu abandonnes ta place?

Il avait coutume de s'asseoir sur la banquette, le dos au mur.

– Ah oui, c'est vrai.

Il repoussa sa chaise et émigra sur la banquette. Il avait totalement oublié ce détail.

– Il paraît que tu as été malade? J'ai rencontré Horn, il m'a appris que tu n'étais pas venu travailler depuis une semaine?

Trelkovsky s'était emparé de la carte. Il acquiesça machinalement. Le menu était écrit à l'encre violette. Les plats étaient généralement garnis de fautes d'orthographe, ce qui fournissait d'ordinaire le principal sujet de conversation. Les hors-d'œuvre n'avaient pas été renouvelés. C'étaient toujours les traditionnelles pommes à l'huile, le pâté de campagne, les crudités ou le saucisson beurre. Il frissonna de dégoût. L'ancien Trelkovsky choisissait systématiquement un filet de hareng pommes à l'huile, mais il se savait incapable d'en absorber une miette. Il se permit pour cette fois de tricher. Scope et Simon le surveillaient du coin de l'œil. Ils étaient prodigieusement intéressés par sa commande. La serveuse, une Bretonne râblée aux mollets rouges, s'approcha.

– Vous nous avez manqué, monsieur Trelkovsky, plaisanta-t-elle. La cuisine ne vous plaisait donc plus ?

Il se força à sourire.

– J'ai essayé de me passer de nourriture, mais j'y renonce, c'est trop difficile !

Elle rit servilement, puis reprit instantanément un sérieux professionnel.

– Qu'est-ce que ce sera pour vous, monsieur Trelkovsky ?

Scope et Simon étaient suspendus à ses lèvres. Il avala sa salive et annonça d'une seule traite :

– Une assiette de crudités, un steak pommes vapeur et un yaourt.

Il n'osait pas regarder les autres mais il les sentit sourire.

– À point, comme d'habitude, le steak ?

– Oui...

Il aurait voulu le demander bien cuit mais il n'en avait pas trouvé le courage.

Scope attaqua.

– Qu'est-ce que tu deviens ? Je te trouve changé.

Simon éclata de rire. Il riait toujours avant de faire une plaisanterie. Cette fois-ci il fit allusion au cours des monnaies étrangères, au change. À plusieurs reprises, il répéta pour plus de clarté : Au change… changé !

Trelkovsky fit un effort pour se dérider. En vain. Il était trop préoccupé par les postillons qui venaient choir dans son verre. Il alluma une cigarette et s'arrangea pour faire tomber un peu de cendre dedans. On lui apporta un autre verre.

À présent il mangeait. Tout en mastiquant il cherchait quelque chose à leur dire. Quelque chose de gentil, une phrase qui tout au moins leur montrerait sa bonne volonté. Il ne trouvait rien. Le silence se prolongeait, il devenait nécessaire de le rompre.

– Il y a de belles clientes ? questionna-t-il, inspiré soudain.

Scope lui fit un clin d'œil.

– Il y en a une formidable. Une classe extraordinaire. Elle vient de partir.

Il se tourna vers Simon.

– Que devient Georges à propos ?

– Il se débrouille, mais il ne pourra pas aboutir de la manière dont il s'y prend. Tu sais bien que…

Scope et Simon s'entretinrent jusqu'à la fin du repas de ce Georges et de ses incompréhensibles manœuvres, ils riaient très fort, mais parfois aussi ils baissaient la voix comme pour empêcher Trelkovsky d'entendre. N'eût été cette méfiance à son égard, il aurait pu croire qu'ils l'avaient complètement oublié. Il fut soulagé de les quitter. Avant de se séparer, ils lui demandèrent s'il avait l'intention de revenir le lendemain. Leur inquiétude lui fit pitié.

– Je ne pense pas. Je suis occupé.

Ils firent semblant d'en être désolés, mais ils s'éloignèrent à grandes enjambées joyeuses. Il les regarda disparaître au coin de la rue.

Il prit lentement le chemin des quais de la Seine. C'était là, jadis, qu'il s'enfuyait dès qu'il avait quelques heures de liberté. Les quais étaient gris, et la Seine sale. Les boîtes des bouquinistes lui parurent aussi répugnantes que des boîtes à ordures. Des chiffonniers intellectuels fouillaient sans dégoût parmi les immondices à la recherche d'un peu de nourriture spirituelle. Quand ils l'avaient découverte, ils s'en emparaient avec une expression d'avidité bestiale peinte sur le visage.

Cet endroit l'écœurait. Il changea de trottoir. En face il y avait les cris et les odeurs des animaux en cage. Les badauds taquinaient les tortues, excitaient les coqs, dérangeaient les cochons d'Inde. Des reptiles se lissaient contre les parois de leur aquarium. Les souris enfermées dans une cage, un peu plus loin, suivaient avec une attention morbide leurs mouvements sinueux.

Il marcha longtemps. Après avoir longé les murs du Louvre, il pénétra dans le jardin des Tuileries. Il s'assit près du bassin sur une chaise en fer, pour voir naviguer les petits voiliers. Les enfants couraient autour de la pièce d'eau munis du bâton dont ils se servaient pour guider leur navire. Il remarqua un petit garçon qui possédait un bateau à moteur. Un transatlantique miniature avec deux cheminées et des embarcations de sauvetage le long du pont. Le petit garçon n'était pas vif. Il boitait et sa claudication le faisait arriver bien après son bateau sur la rive opposée. À cause de ce retard un drame se produisit. Un voilier mal dirigé vint heurter de plein fouet le transatlantique qui, déséquilibré, chavira. Le jouet fut rapidement rempli d'eau. Impuissant, l'enfant consterné assista au naufrage. Les larmes coulaient le long de ses joues. Trelkovsky s'attendit qu'il courût vers ses parents, mais il devait être seul car il s'assit simplement par terre et continua de pleurer. Trelkovsky prenait un étrange plaisir à ces larmes qui le vengeaient. Il avait le sentiment qu'on pleurait à sa place. Il regardait avec satisfaction perler les larmes au coin des yeux. En lui-même il encourageait le petit garçon à pleurer de plus belle.

Mais voilà qu'une jeune femme à l'aspect vulgaire s'approchait de l'enfant, se penchait vers lui, murmurait des mots à son oreille. L'enfant cessait de pleurer, il relevait la tête, et souriait.

Trelkovsky se sentit intolérablement frustré. Non seulement l'enfant souriait, mais il riait maintenant. La femme lui parlait toujours mystérieusement. Elle semblait très excitée. Ses mains caressaient les joues et la nuque du petit garçon. Elle lui flattait les épaules, et pour finir elle l'embrassa sur le menton. Elle le quitta pour se diriger vers une baraque en bois où une vieille femme vendait des jouets.

Trelkovsky abandonna sa chaise et marcha vers l'enfant. Il fit exprès de le bousculer. Le petit leva les yeux pour voir ce qui lui advenait.

– Malpoli, siffla Trelkovsky.

Et sans en dire davantage il le gifla durement d'un aller et retour. Il s'éloigna à pas rapides, abandonnant l'enfant écrasé par l'injustice dont il venait d'être victime.

Le restant de la journée il l'employa à errer par les rues de son ancien quartier. Quand il fut fatigué, il se reposa à la terrasse d'un café où il but un verre de bière et mangea un sandwich. Ensuite, il marcha encore. Il tentait de se souvenir. Il n'y parvenait pas. Il avait beau traquer les souvenirs à chaque coin de rue, il ne reconnaissait rien.

Il faisait nuit quand il se retrouva devant l'immeuble de la rue des Pyrénées. Il hésitait à franchir la porte cochère obscure mais il était exténué par sa longue promenade, il n'aspirait plus qu'à dormir. Il pressa le bouton qui commandait l'ouverture de la porte. À l'intérieur l'obscurité était absolue. L'interrupteur de la minuterie était quelque part sur la droite. Il avança un doigt mal assuré, lorsqu'il eut conscience d'une présence extrêmement proche. Il se figea et écouta avec toute l'attention dont il était capable. Une respiration, mais c'était la sienne. Pourtant, il n'osait pas avancer son index de peur de rencontrer quelque chose de mou, un œil, peut-être. Il écouta de nouveau. Il ne pouvait pas demeurer ainsi, il se décida. Il tendit l'index au hasard. Il avait visé juste. La lumière inonda le porche.

Toute proche de lui, une femme très brune, assise sur une poubelle, le fixait avec des yeux déments. Il poussa un cri inarticulé. Elle haleta de peur, ses lèvres craquelées tremblotèrent comme de la gelée de groseilles. Il voulut s'écarter mais il glissa sur un détritus et perdit l'équilibre. D'un mouvement convulsif elle tenta de l'éviter. Le couvercle de la poubelle bascula. Elle tomba en arrière en hurlant. Il hurla aussi en tombant sur elle. La poubelle oscilla. Son contenu se répandit sur eux. La lumière s'éteignit.

Il roula sur lui-même pour se dégager. Quelque chose s'enfuit en le frôlant. Il réussit à se relever. Dans quelle direction fallait-il fuir ? Où se trouvait la minuterie ? Deux mains griffues entourèrent son cou et se mirent à serrer.

Il tira la langue et gargouilla. Puis il reçut un grand coup sur la tête, et perdit connaissance.

Il se réveilla dans son appartement, allongé sur le lit. Il était habillé en femme, et il n'eut pas besoin de vérifier devant son miroir pour savoir qu'il était fardé soigneusement.

On l'avait préparé pour le sacrifice !

Puisqu'il avait voulu leur échapper, ils contre-attaquaient. Et pour cela ils ne reculaient pas devant l'agression pure et simple. Bon gré mal gré, il devait se métamorphoser en Simone Choule. Ils ne lui laissaient aucune chance.

Trelkovsky se leva péniblement. La tête lui faisait très mal. Il se traîna jusqu'à l'évier et se passa de l'eau fraîche sur le visage. Il se sentit plus lucide, mais la douleur demeurait.

La dernière étape était atteinte. Le dénouement devenait horriblement proche maintenant. Il alla vers la fenêtre, l'ouvrit, et scruta l'obscurité en dessous.

La verrière devait être achevée. Comment allaient-ils s'y prendre pour le pousser au suicide ? Il ne désirait pas mourir. Était-ce un échec des voisins ? Si leur piège avait fonctionné parfaitement, Trelkovsky aurait dû se transformer vraiment en Simone Choule, et comme telle se suicider spontanément. Ce n'était pas le cas, puisqu'il faisait semblant, puisqu'il savait très bien qu'il n'était pas

Simone Choule. Alors qu'espéraient-ils ? Qu'il fît également semblant de mourir ? Il envisagea cette solution. S'il simulait le suicide, à l'aide de barbituriques par exemple, le tiendraient-ils pour quitte, lui laisseraient-ils la vie sauve ? Le charme serait-il rompu ? Il se doutait bien que non. La comédie n'avait pas de place dans l'obscure machination dont il était la victime. Le seul dénouement possible était la destruction de la verrière, pulvérisée par son corps disloqué.

Que se passerait-il, s'il refusait de se prêter à la bonne marche des événements ? Cela non plus n'était pas un mystère pour lui. On le pousserait. À défaut de suicide, ce serait un assassinat. Du reste, rien ne prouvait qu'il n'en avait pas été ainsi pour l'ancienne locataire !

En bas, la cour s'était brusquement illuminée. Le bruit des sabots d'un cheval au galop déchira le silence. Trelkovsky, intrigué, se pencha pour mieux voir.

Effectivement, un cavalier venait de faire irruption dans la cour. On ne pouvait distinguer son visage car il était masqué, et l'ombre de son immense chapeau de feutre grenat le recouvrait d'un masque supplémentaire. Un corps était couché en travers de la croupe. Trelkovsky n'en était pas certain, mais il eut l'impression que le corps était ligoté. La cour se mit à grouiller de monde. Des voisins entourèrent l'inconnu au masque et conversèrent avec lui par des signes inintelligibles. Une femme coiffée d'un fichu bleu ciel désigna la fenêtre de Trelkovsky. L'homme descendit de cheval. Il contourna sa monture pour se trouver juste au-dessous de lui. Il mit sa main en visière sur son front comme s'il y avait du soleil, et le fixa avec une attention inquiétante. Un enfant vêtu d'un pantalon vert olive, d'un chandail ocre jaune et d'un béret mauve le rejoignit. Il lui tendit cérémonieusement une grande cape noire.

L'homme l'assujettit aussitôt à ses épaules, puis il disparut sous la voûte. Tous les personnages s'éclipsèrent emmenant avec eux le cheval toujours chargé du prisonnier. La lumière s'éteignit. Trelkovsky aurait pu croire qu'il avait rêvé, mais il savait qu'il venait d'assister à l'arrivée du bourreau. Il était sans doute en train de gravir sans se hâter l'escalier qui menait à son appartement. Il allait pousser la porte, pénétrer, sans attendre d'y être invité, dans la pièce pour accomplir sa funeste besogne. Trelkovsky devinait en quoi elle consisterait. Malgré ses cris et ses supplications, il serait précipité dans le vide. Son corps heurterait la verrière et la fracasserait avant de s'écraser durement sur le sol.

La panique le tira de son apathie. En claquant des dents, il se précipita vers l'armoire, que, ahanant et gémissant, il amena contre la porte. La sueur lui coulait dans les yeux. Elle délayait son maquillage qui laissait des traînées boueuses sur son cou. Il s'empêtrait dans sa robe, faisait craquer les attaches de son soutien-gorge. Il repartit en courant vers la fenêtre pour la bloquer à l'aide de la commode. Il était tellement essoufflé que sa respiration se transformait en râle.

On cogna à la porte.

Il ne répondit pas, mais amena deux chaises pour renforcer l'armoire.

Les voisins du dessus frappèrent au plafond.

D'accord, il faisait du bruit! Ils pouvaient taper! S'ils s'imaginaient le forcer à se rendre de cette façon, ils se trompaient lourdement!

Les coups furent frappés d'en bas par le propriétaire.

Ils s'y mettaient tous à présent! Mais ils perdaient leur temps. Leurs coups ne possédaient plus de pouvoir sur Trelkovsky. Il se barricaderait malgré eux et leur tentative d'intimidation.

En dépit des coups redoublés contre la porte, il continuait de la défendre avec tous les objets qui lui tombaient sous la main. Il découvrit une pelote de ficelle, et s'en servit pour renforcer l'ensemble. Il condamna également la fenêtre. Une vitre vola en éclats. S'ils tentaient de s'introduire par là, ils arrivaient trop tard !

– Vous arrivez trop tard ! hurla Trelkovsky, vous aurez du mal à rentrer !

Une autre vitre se brisa. Ils jetaient des pierres.

– Je me défendrai, je me défendrai jusqu'au bout ! Je vendrai chèrement ma peau ! Non, messieurs, ce ne sera pas une partie de plaisir ! Je ne suis pas un mouton que l'on égorge !

La réaction fut immédiate. Les coups cessèrent de retentir contre les murs et la porte. Tout retomba dans le silence.

Ils devaient délibérer de la conduite à suivre. Trelkovsky s'introduisit à l'intérieur de l'armoire pour se rapprocher d'eux, puis il colla l'oreille contre la paroi. Mais il ne réussit pas à surprendre leur colloque, il alla s'accroupir au centre de la première pièce, les sens en éveil. Les minutes s'écoulaient interminablement, sans signe de vie des voisins, ils étaient peut-être partis ?

Il sourit. Le piège était un peu gros ! Ils attendaient sans doute qu'il leur ouvrît la porte. Pas de danger. Il ne remuerait pas le petit doigt.

Au bout de deux ou trois heures d'immobilité, il remarqua le bruit. Le bruit des gouttes d'eau tombant une à une du robinet mal fermé. Au début il affecta de ne pas y prêter attention, mais le bruit était trop agaçant. À pas de loup, il s'approcha de l'évier, aucune goutte ne s'échappait de la gueule ouverte du robinet. Et pourtant, dès qu'il tournait le dos, le bruit se reproduisait. Pour en avoir le cœur net il fixa le robinet jusqu'à ce qu'il l'entendît de nouveau. Aucune goutte n'était tombée dans l'évier. Cela venait d'ailleurs.

Il fit une ronde, en rasant les murs, pour découvrir l'origine des petits clapotements. Ses recherches ne durèrent pas longtemps.

Par l'une des crevasses du plafond de la seconde chambre, filtraient des gouttes d'un liquide brunâtre. À intervalles variables, la goutte venait s'écraser dans une mare produite par les gouttes précédentes. La clarté de la lune leur donnait un aspect de pierre précieuse, de rubis sombre. Trelkovsky craqua une allumette. Oui, le liquide était rougeâtre. Du sang?

Il trempa un doigt dedans pour en éprouver la densité avec le pouce. Cette opération ne lui apprit malheureusement rien. Il dut se résoudre, à contrecœur, à goûter. La saveur en était fade, sans personnalité.

Il se souvint qu'il avait plu ces jours derniers. Sans doute l'eau de pluie avait-elle traversé le toit… Mais cette explication ne résista pas à l'examen. Il y avait en effet plusieurs étages entre le toit et son plafond. Une canalisation crevée, probablement? Oui, probablement…

Mais si c'était le sang du prisonnier aperçu tout à l'heure sur le cheval du bourreau? Si c'était le sang du prisonnier que l'on était maintenant en train d'égorger à l'étage supérieur, pour enseigner à Trelkovsky le sort qui lui était réservé?

Les gouttes tombaient toujours, la mare s'agrandissait. Ploc! Ploc! Les vagues minuscules gagnaient sur le plancher sec, comme au rythme d'une marée. Voulaient-ils inonder l'appartement pour que Trelkovsky s'y noyât, s'y noyât dans le sang!

Quel était ce bruit qui venait à présent répondre à celui

des gouttes brunâtres? Il retourna vers l'évier. Le robinet avait dû se desserrer, car lui aussi laissait échapper des gouttes! Il voulut donner un tour supplémentaire à la poignée, mais c'était impossible. Le caoutchouc devait être en mauvais état.

Les deux fuites se répondaient. Elles donnaient l'illusion d'un dialogue, entre les deux liquides.

Le bruit du réveille-matin s'amplifia démesurément. Trelkovsky se rendit alors compte que les gouttes tombaient, l'une au signal du «tic», l'autre à celui du «tac». Il aurait bien arrêté le mécanisme du réveil, mais il en devinait l'inutilité. Il n'y a pas de manette d'arrêt prévue dans un réveille-matin.

On frappa à la porte. Les voisins revenaient à l'attaque. D'un coup d'œil rapide il vérifia l'état de ses fortifications. Elles étaient satisfaisantes, il subsistait, pourtant, un espace entre la commode et le mur qui aurait pu permettre l'introduction par la fenêtre d'un petit enfant, ou d'un singe, par exemple. Cela le mit mal à l'aise.

Et voilà que, juste au moment où il fixait cet endroit, il aperçut avec terreur une petite main brune et poilue qui s'agrippait au bas du châssis, là où une vitre avait été brisée!

Il s'empara d'un couteau et se mit à larder la main à grands coups rapides. Il n'y eut pas de sang. La main finit par lâcher prise et disparaître. Il guetta le bruit d'une chute sur la verrière, mais il n'entendit qu'un rire sardonique.

Il comprit aussitôt que les voisins d'en dessous avaient très bien pu enfiler un gant au bout d'un long bâton afin de lui causer cette peur. Il glissa la tête entre le mur et la commode pour voir ce qui se passait dans la cour.

C'était sans doute pour attirer son attention que les voisins avaient usé du stratagème du gant, car ils ne devaient attendre que lui pour commencer. Le but du spectacle qu'ils avaient mis au point, il en fut vite convaincu, était de lui faire perdre la raison.

Une grande quantité de caisses jonchaient la cour. Elles étaient disposées à la façon des gratte-ciel qu'on peut voir sur les cartes postales représentant New York. Sur chaque caisse, un voisin se tenait accroupi. Ils se présentaient soit de face, soit de profil, soit de dos. De temps en temps, ils pivotaient lentement sur eux-mêmes pour changer de position. Soudain, une vieille femme que Trelkovsky reconnut pour être cette Mme Dioz qui avait voulu lui faire signer la pétition, se dressa. Elle était vêtue d'une longue robe violette, largement décolletée, qui dévoilait une grande partie de sa poitrine desséchée. Les deux bras levés vers le ciel, elle se mit à danser lourdement, sautant de caisse en caisse. Chaque fois qu'elle changeait de caisse, elle poussait de grands cris. «Youp!» glapissait-elle, et elle changeait de caisse. «Youp!» et elle changeait encore.

Cela dura jusqu'à ce que le voisin chauve situé sur la caisse la plus élevée se levât à son tour et agitât une lourde clochette au son grave. Les voisins s'empressèrent, alors, de descendre de leur socle et de s'en aller en les emportant. Le petit garçon, déjà entrevu, apparut dans la cour déserte. Il portait sur l'épaule un long bâton à l'extrémité duquel était accrochée une cage contenant un oiseau. Derrière lui, une femme revêtue d'une ample chasuble rouge trottinait, penchée sur la cage. Elle singeait l'oiseau et s'amusait à l'effrayer. Le garçon traversa toute l'étendue de la cour sans se retourner une seule fois.

Après eux vinrent les femmes enceintes peinturlurées de rose, les vieillards chevauchant d'autres vieillards à quatre pattes, les petites filles obscènes et les chiens gros comme des veaux.

Trelkovsky s'accrochait à la raison comme à une corde. Il se récitait mentalement la table de multiplication et les fables de La Fontaine. Avec ses mains, il réalisait des mouvements compliqués, indiquant une bonne coordination des réflexes. Il se brossa même, à voix haute, un tableau complet de la situation politique en Europe au début du XIXᵉ siècle.

Le jour se leva enfin. Avec lui cessèrent les sortilèges.

Plus tard, Trelkovsky fit disparaître les traces de fard de son visage, changea les vêtements féminins contre les siens, puis déplaça l'armoire. Il se jeta à corps perdu dans l'escalier qu'il dévala sans regarder autour de lui. Une main tenta de le retenir, mais il allait si vite qu'elle lâcha prise, il passa en courant devant la loge de la concierge, accéléra encore dans la rue.

Un autobus était arrêté devant un feu rouge. Il bondit sur la plate-forme arrière au moment où il démarrait.

Il renonçait à son bail, à ses économies englouties dans la reprise.

Sa seule chance de salut résidait, désormais, dans la fuite.

XV

LA FUITE

S'enfuir, très bien, mais où?

Trelkovsky repassait fiévreusement dans sa tête les visages connus pour découvrir celui qui lui viendrait en aide. Mais leurs physionomies se révélaient toutes curieusement rébarbatives ou indifférentes.

Il était sans ami. Tout le monde se désintéressait de lui. Non, il était injuste, des gens se préoccupaient encore de son sort, mais ceux-là ne désiraient que sa folie, puis sa mort.

Pourquoi se sauver, puisque c'était inutile? N'était-il pas préférable d'aller tendre de son plein gré le cou au bourreau? Ainsi s'épargnerait-il, peut-être, nombre de souffrances vaines. Il se sentait affreusement fatigué.

Un nom surgit soudain dans sa mémoire, comme une voiture sur une route, la nuit. Ce nom brillait comme une étoile.

Stella.

Elle, elle ne le repousserait pas. Elle l'accueillerait simplement, sans mot superflu, sans réticence. Il se découvrit brusquement une tendresse infinie pour elle.

Ses yeux se mouillèrent de larmes, tant il était ému. Pauvre petite Stella! Solitaire et douillette, Stella sa bonne étoile.

Il se la représenta marchant toute seule le long d'une grève déserte. La mer venait mourir à ses pieds. Elle avançait péniblement, elle devait être extrêmement lasse. Comme elle devait venir de loin, la pauvre petite Stella! Et voilà que soudain, deux hommes bottés et casqués surgissent. Sans dire un mot, ils s'approchent d'elle, fanfarons et insolents. Elle comprend leur intention. Elle supplie, elle tombe à genoux pour mieux les implorer, mais ils la dévisagent méchamment. Ils sortent leur revolver et lui envoient des balles dans la tête. Le pauvre corps se recroqueville, s'immobilise. Stella est morte. Les vagues viennent mouiller le bas de sa jupe. Pauvre Stella!

Trelkovsky bouleversé de compassion, dut s'abriter derrière son mouchoir pour écouler le trop-plein de larmes qu'il ne parvenait pas à rentrer. Oui, il se réfugierait chez Stella.

Il erra longtemps dans le quartier où elle habitait, car il ne se souvenait plus du nom de sa rue.

Il était beaucoup moins convaincu, à présent, de son accueil. D'abord elle pouvait être absente. Il imagina ce que serait sa porte close, pour lui qui avait monté l'escalier, qui avait frappé à sa porte avec un fol espoir. Personne. Et lui frapperait, frapperait encore, sans se résoudre à renoncer. Il n'oserait pas s'éloigner de peur qu'elle n'ouvrît après son départ.

Il se persuada qu'il devait imaginer toutes les solutions possibles afin de ne pas se laisser surprendre par le destin. C'était là une vieille croyance de Trelkovsky. Il avait toujours pensé que le destin n'intervenait que par imprévu. Donc, le fait de prévoir écartait les mauvais coups du sort.

Il passa en revue les possibilités qu'il avait de se heurter à un échec.

Elle ne serait peut-être pas seule. Elle entrouvrirait la porte, frileusement enveloppée dans un peignoir et ne lui offrirait pas d'entrer. Lui, resterait sur le palier, embarrassé, ignorant quelle attitude prendre. Il finirait par s'enfuir, rouge de confusion, en colère contre elle et contre lui-même.

Elle pouvait également être malade, en compagnie de sa famille ou d'amis. Elle ne le reconnaîtrait pas à cause de la fièvre, et on poserait sur lui des regards soupçonneux comme s'il était un criminel venu pour commettre un mauvais coup.

Il n'y avait rien d'impossible, non plus, à ce que la porte fût ouverte par un, ou une inconnue.

– Mme Stella, s'il vous plaît? demanderait-il timidement.

– Stella? connais pas. Stella comment? Ah! l'ancienne locataire! Elle est partie hier! Non, elle ne doit pas revenir. Elle a déménagé. Nous sommes les nouveaux locataires. Non, nous ignorons sa nouvelle adresse.

Pourtant, ce fut Stella en personne qui vint lui ouvrir. Un peu de matière jaunâtre s'était agglutinée au coin de ses yeux. Elle exhalait une odeur de lit et de sueur séchée. Elle retenait d'une main les deux pans de sa robe de chambre.

– Je te dérange? questionna-t-il bêtement.

– Non, je dormais.

– Je voudrais te demander un service.

– Lequel?

– Est-ce que je peux rester avec toi deux ou trois jours? Ne te gêne pas avec moi. Si tu ne peux pas, dis-le. Je ne t'en voudrai pas.

Stella, surprise, retira du bout des doigts les dépôts jaunes entre ses paupières pour mieux le regarder.

– Non, cela ne me dérange pas. Tu as des ennuis ?

– Oui, oh, rien de grave. Je n'ai plus d'appartement.

Elle sourit.

– Tu n'as pas dormi cette nuit. Tu as l'air fatigué. Je vais me recoucher. Si tu veux dormir…

– Oui, merci.

Il se déshabilla lentement, le plus lentement possible. Brave petite Stella ! Il voulait savourer sa gentillesse et sa simplicité. Elle avait agi exactement comme il l'escomptait. En retirant ses chaussettes il s'aperçut qu'il avait les pieds sales.

– Je vais me passer un peu d'eau sur le visage, dit-il.

Elle était dans le lit, recouchée déjà.

Quand il la rejoignit, elle avait les yeux fermés. Dormait-elle ? ou désirait-elle lui montrer qu'elle lui permettait de se coucher, mais pour dormir uniquement ? Il n'eut pas à se poser la question trop longtemps, car déjà ses mains douces parcouraient son corps.

Il se jeta sur elle avec reconnaissance.

Il ouvrit par politesse un œil quand elle se leva. Elle l'embrassa gentiment dans l'oreille.

– Je vais travailler, lui murmura-t-elle. Je serai de retour ce soir vers huit heures. Il vaut mieux que tu ne te montres pas aux voisins. Si tu sors, arrange-toi pour passer inaperçu.

– D'accord.

Elle était partie. D'un seul coup il n'eut plus sommeil. Il s'en était tiré. Sauvé ! Il avait une formidable impression de sécurité. Il visita l'appartement en souriant béatement. Tout était bien, ici. C'était propre et rassurant. Il employa la journée à lire et à se promener dans la pièce. Il ne sortit pas, même pour aller manger. Il aurait fallu être inconscient pour quitter ce refuge miraculeux !

Stella revint à sept heures et demie. Elle portait un filet plein de provisions. Deux bouteilles de vin s'entrechoquaient agréablement comme pour trinquer.

– Je n'ai pas le temps de faire la cuisine, lui expliqua-t-elle tout en retirant son manteau, alors j'achète des conserves. Je suis très forte en conserves, ajouta-t-elle en riant.

Il la regardait faire, attendri au point d'en devenir triste.

– J'adore les conserves.

Il suivait des yeux ses allées et venues. Il se souvenait de ses seins, de ses cuisses. Et elle mettait tout cela à sa disposition, sans marchander. Il se souvenait aussi de son dos, de ses épaules, tout cela était occupé à préparer son dîner. Adorable Stella ! Pourtant, il ne se souvenait plus de son nombril. Il ferma les yeux pour le faire apparaître. En vain. Il l'avait oublié.

Elle était en train de mettre la table. Elle lui tournait le dos. Il s'approcha doucement d'elle. Il la surprit d'un baiser sur l'épaule. Ses mains emprisonnèrent les seins, puis descendirent lentement. Il trouva l'ouverture du chandail. Il la fit pivoter. Les boutons-pression de la jupe cédèrent l'un après l'autre. Ses yeux arrivèrent au niveau du nombril. Il l'embrassa passionnément, puis il l'étudia, afin d'en retenir tous les détails, gravés dans sa mémoire. Elle se pencha pour voir à quoi il était occupé. Elle lui avait supposé de tout autres intentions. Il ne voulut pas la décevoir.

Le lendemain, alors que Stella était au travail, on frappa. Il n'alla pas ouvrir. Mais le visiteur ne se découragea pas. Il continuait à marteler la porte sans s'énerver, toujours à la même cadence. C'était exaspérant. Sur la pointe des pieds, Trelkovsky s'approcha de la porte et regarda par le trou de la serrure. Il n'apercevait qu'un morceau de manteau boutonné sur un ventre assez rebondi. C'était un homme.

– Il n'y a personne ? s'enquit le visiteur.

Trelkovsky pâlit affreusement. Son sang déserta son visage, sa nuque, ses épaules même.

Il avait reconnu la voix. C'était celle de M. Zy !

Ils l'avaient donc suivi !

Impossible ! Il avait pris suffisamment de précautions ! Alors ? M. Zy connaissait-il personnellement Stella ? Ne savait-il pas que Trelkovsky s'était réfugié chez elle ? Mais dans ce cas, il ne tarderait pas à l'apprendre. Stella ignorait en effet son adresse et n'avait aucune raison de supposer qu'il était connu de M. Zy. Ou encore...

Il frémit.

Et si Stella l'avait dénoncé ? Si elle l'avait trahi froidement, pour le punir de lui avoir menti ? Mais comment aurait-elle pu apprendre son adresse ? Il poussa une exclamation. Dans ses poches !

Elle lui avait fait les poches, la sale espionne !

Il devait y conserver une ou deux lettres qui l'avaient renseignée. Elle avait été l'amie de Simone Choule, elle connaissait les voisins, elle avait dû comprendre ce que signifiaient les «ennuis» de Trelkovsky. Pour se venger, elle l'avait donné.

Car si M. Zy connaissait effectivement Stella, il devait savoir qu'elle travaillait pendant la journée, et qu'il n'y avait personne chez elle à ce moment-là. Il venait donc uniquement pour Trelkovsky... ou encore...

L'hypothèse qu'il avait déjà envisagée en la repoussant était la bonne. Stella était une voisine !

Dès le début elle avait été chargée de le rabattre, de le conduire au massacre ! Cette idée lui fit peur. Elle était trop monstrueuse, trop horrible. Mais plus il s'y attardait, plus elle lui paraissait évidente. Il avait été berné dès le début ! Quel dupe il avait fait !

Et lui qui disait : «pauvre petite Stella», «gentille petite Stella», il aurait dû se mordre la langue !

Il avait plaint son bourreau ! Pourquoi ne plaignait-il pas M. Zy et tous les voisins pendant qu'il y était !

Sa tendresse pour Stella !

Elle avait bien dû en rire de sa tendresse, la gueuse. Et qui sait, c'était elle peut-être qui avait assassiné Simone Choule. Sa meilleure amie ? À d'autres !

M. Zy renonça à frapper. Trelkovsky entendit son pas hésiter, s'éloigner, revenir, puis disparaître définitivement.

De nouveau, il fallait fuir. Mais l'argent ?

Avec rage il se mit à fouiller l'appartement de Stella. Il renversa les tiroirs, jeta à bas la literie, griffa les reproductions accrochées au mur. Dans un vieux sac à main il découvrit de l'argent. Peu, mais de quoi aller à l'hôtel. Sans l'ombre d'un remords, il s'en empara. Elle l'avait bien mérité, la garce !

Il ouvrit silencieusement la porte, explora l'escalier du regard, il ne constata rien d'anormal. Quelques instants plus tard, il se trouvait dans la rue.

Il prit plusieurs taxis pour échapper à des poursuivants éventuels. Quand il eut la certitude d'y avoir réussi, il pénétra dans le premier hôtel qu'il aperçut, l'*Hôtel des Flandres*, situé derrière la gare du Nord, pour y louer une chambre.

Il signa d'un faux nom sur le registre, M. Trelkof, de Lille. Heureusement, on ne lui demanda pas de pièce d'identité. Il avait repris espoir. Peut-être parviendrait-il à leur échapper, malgré tout.

XVI

L'ACCIDENT

Trelkovsky marchait de long en large dans la chambre.

Parfois, il allait vers la fenêtre qui donnait sur une espèce de puits aux parois percées de fenêtres. La chambre était au sixième étage, mais peu éclairée malgré sa position car les maisons environnantes la dominaient. Il ne sortit que pour se rendre aux toilettes, situées au bout d'un couloir obscur. Il s'endormit tôt.

Naturellement, il se réveilla au milieu de la nuit, le corps humide de peur. Il venait de faire une série de cauchemars épouvantables. Les yeux ouverts, il scrutait l'ombre pour y découvrir de quoi se rassurer. Mais la réalité était au moins aussi menaçante que les cauchemars. L'obscurité, après avoir englouti le décor, semblait une provocation : dans ce néant quelque chose de monstrueux et d'inédit devait naître. La chambre était devenue comme un bouillon de culture de monstres. Pour l'instant, on n'y distinguait rien encore, mais cela ne durerait sûrement pas. À la manière des vases communicants, le cerveau plein de Trelkovsky déverserait ses terreurs dans le vide de la pièce.

Celles-ci, en passant d'un récipient dans l'autre, se matérialiseraient. Les monstres pressentis par Trelkovsky se mettraient alors à vivre pour se repaître aussitôt de leur créateur. Il ne fallait pas penser, c'était trop dangereux.

Au matin il avait pris la décision de faire l'acquisition d'une arme.

Évidemment, c'était facile à dire, mais comment se la procurer? Il avait suffisamment lu de romans d'aventures pour savoir qu'il lui était nécessaire de posséder un permis de port d'armes. N'importe quel armurier auquel il s'adresserait le lui réclamerait. Sans permis, le commerçant refuserait purement et simplement de lui vendre un revolver. À savoir, même, s'il ne lui demanderait pas de le suivre au commissariat, ou si, sur un prétexte quelconque, il ne le retiendrait pas jusqu'à l'arrivée des agents. Quant à faire la demande d'un permis au commissariat, comment la justifier? S'il dénonçait le complot des voisins, on le croirait fou. Peut-être tenterait-on de l'enfermer dans un asile.

Il valait mieux ne pas agir officiellement.

Il sortit de l'hôtel en rasant les murs. L'un après l'autre, il visita les bars les plus louches du quartier. Chaque fois il était à deux doigts de demander au serveur s'il n'avait pas un pistolet à lui vendre, mais il n'osait pas. Il payait rapidement, sortait comme un voleur et faisait une nouvelle tentative au café d'en face, ou à celui d'à côté. Au début de l'après-midi, il renonça. Il était légèrement ivre car il avait bu de l'alcool dans chaque établissement visité, pour se donner une allure d'affranchi. Il y avait près de vingt-quatre heures qu'il n'avait rien mangé, et l'alcool lui montait à la tête.

En désespoir de cause, il s'acheta un jouet. Il avait entendu dire que certains pistolets à plombs pour enfants pouvaient faire très mal. Des accidents survenaient souvent pour le prouver. Entre autres, le cas de ce petit garçon rendu aveugle par cette sorte d'engin lui revint en mémoire. Si par inadvertance il était possible d'obtenir de tels résultats, il devait être facile de faire mieux, volontairement. La vendeuse du magasin lui expliqua le mécanisme. Il refusa la boîte et glissa le pistolet dans sa poche. La vendeuse le regarda sortir en souriant avec indulgence.

Il se sentait rassuré par la présence de l'arme. Il la pétrissait dans sa main. Il brûlait du désir de la démonter, et aussi de l'essayer mais il n'en fit rien, car personne ne se douterait qu'il s'agissait d'un jouet. Il hâta le pas pour retourner à l'hôtel.

Des cris le firent sursauter. Il devina qu'un danger le menaçait. Il porta vivement la main à sa poche, mais il n'eut pas le temps de saisir le pistolet. Le choc le projeta à plusieurs mètres. Il sentit la chaleur du radiateur, mais la voiture s'arrêta à temps.

C'était un gros modèle américain, plus tout jeune cependant. Les chromes étaient ternis, un phare brisé, la peinture s'en allait par plaques, l'une des ailes portait la trace du choc.

– J'ai abîmé la carrosserie, songea Trelkovsky. Pourvu qu'on ne me cherche pas d'histoires.

Il voulut rire, mais cela lui fit mal.

Des gens s'approchèrent, ils se bousculaient autour de lui. Ils n'osaient pas encore le toucher, mais ils ne tarderaient sans doute pas. Ils étaient avides de connaître l'étendue des dégâts. Trelkovsky se félicita d'avoir les pieds propres. Cela lui permettrait de ne pas rougir, tout à l'heure à l'hôpital. Un homme fendit la foule.

– Je suis médecin, laissez-moi passer. Puisque je vous dis que je suis médecin, écartez-vous, il a besoin d'air.

Trelkovsky ne desserra pas les dents pendant qu'on le palpait avec précaution. Le médecin essaya de le faire parler :

– Vous avez mal ? Vous m'entendez ? Où avez-vous mal ? Vous ne pouvez pas parler ?

Pourquoi s'en donner la peine ? Il jouissait du plaisir de ne pas répondre quand on lui adressait la parole. D'ailleurs il était complètement amorphe, incapable du moindre effort.

Il se bornait à attendre la suite, sans curiosité. Tout cela ne le concernait pas. Il tenta d'apercevoir la voiture qui l'avait renversé. Un gémissement lui échappa. Il reconnaissait l'homme qui se tenait immobile derrière le volant. C'était un voisin.

– Il a mal.

– Écoutez comme il geint.

– Il faut le transporter quelque part.

– Il y a un pharmacien à côté.

Des volontaires se saisirent de Trelkovsky pour le porter jusqu'à la pharmacie. Deux agents de police s'étaient joints au médecin, à la tête du cortège. On l'étendit sur le comptoir, débarrassé à la hâte.

– Est-ce que vous avez mal ? répéta le médecin.

Il ne répondit pas. Il était trop préoccupé par le voisin qui venait lui aussi de pénétrer dans la boutique. Il le vit accoster l'un des agents et discuter avec lui à voix basse.

Le docteur se livra à un examen plus approfondi. Il révéla enfin ses conclusions.

– Vous avez eu de la chance. Rien de cassé. Même pas une cheville démise. Vous n'avez que quelques égratignures, il n'y paraîtra plus dans quelques jours. On va vous soigner ça. Mais le choc a été rude. Il vous faudra garder la chambre pour vous remettre.

Avec l'aide du pharmacien il couvrit Trelkovsky de mer-
curochrome et de sparadrap.

– Naturellement, il vaudra mieux vous faire radiogra-
phier. Mais ce n'est pas urgent. Si vous aviez eu réellement
mal, on vous aurait entendu ! Le mieux est de vous reposer le plus possible. Où habitez-vous ?

Trelkovsky était terrorisé. Que dire ? Le voisin prit la
parole.

– Monsieur habite dans mon immeuble. Le moins que
je puisse faire pour lui est bien de le ramener.

Trelkovsky tenta de se redresser pour s'enfuir, mais des
mains le maintenaient prisonnier. Il se débattit en pure
perte.

– Non, implora-t-il, non je ne veux pas rentrer avec
lui !

L'homme sourit comme s'il se trouvait devant un enfant
capricieux.

– Allons, allons, j'ai des torts envers vous, je le reconnais. Il est tout naturel que je cherche à les réparer. Je vais
vous reconduire, par la suite nous conviendrons d'un
dédommagement.

Il se retourna vers l'agent avec lequel il s'était entre-
tenu.

– Vous n'avez plus besoin de moi, monsieur l'agent ?
Vous avez mon nom et mon adresse ?

– Vous pouvez disposer, monsieur. On vous convoquera.
Vous vous chargez de monsieur ?

– Oui. Si vous voulez bien m'aider à le porter…

Trelkovsky recommença à se débattre.

– Non, ne le laissez pas m'emmener ! Vous ne prenez
pas mon nom et mon adresse à moi ?

– C'est déjà fait. Monsieur a été assez aimable pour me
les communiquer.

– C'est un assassin ! Il va me tuer !

– C'est le choc, fit quelqu'un.

– Il va dormir, je vais lui faire une piqûre.

– Non, hurla Trelkovsky, pas de piqûre ! pas de piqûre. Ils vont me tuer ! Empêchez-les ! Sauvez-moi !

Il sanglotait.

– S'il vous plaît, sauvez-moi. Emmenez-moi n'importe où, mais ne le laissez pas me tuer...

On lui fit la piqûre. Il se sentit emporté par des hommes qui marchaient vite. Il avait sommeil. La piqûre. Il voulut encore protester. Il résistait de toutes ses forces au sommeil. Il était dans la voiture. Elle commençait à rouler.

Par un effort de volonté il réussit à ne pas s'endormir, comme agrippé d'une seule main au dernier échelon de la conscience.

L'automobile prit de la vitesse. Il distinguait le dos du conducteur dans un brouillard.

Alors, il songea au pistolet.

Il se retourna doucement pour libérer la poche qui le contenait. Sa main tremblait, mais elle s'empara fermement de l'arme, il la braqua sur la nuque du voisin.

– Stoppez immédiatement. Je suis armé.

L'homme jeta un regard inquiet dans le rétroviseur. Il éclata de rire.

– À qui voulez-vous faire peur avec ça ? C'est un cadeau pour votre bambin ?

Rageusement, Trelkovsky appuya sur la détente. Une fois, deux fois, puis sans relâche. Le rire du conducteur s'enfla au point de paraître surnaturel. Les minuscules projectiles venaient frapper sa nuque, puis rebondissaient, s'éparpillaient sur le tapis de la voiture.

– Assez, assez, râlait le conducteur, vous me faites mourir de rire !

Trelkovsky jeta le pistolet contre la vitre de la portière. Il se fracassa en menus morceaux. L'homme se retourna, railleur.

– Ne pleurez pas, vous vous en achèterez un autre!

La voiture ralentit. Elle stoppa devant la porte de l'immeuble. Le voisin descendit, il fit claquer la portière derrière lui. Deux voisins le rejoignirent. Ils parlèrent à voix basse. Trelkovsky résigné attendait leur décision. Allait-on l'exécuter tout de suite? C'était peu probable.

Il ouvrit la portière et bondit au-dehors. Il tomba dans les bras d'un quatrième voisin qui le maîtrisa rapidement.

– On va vous porter chez vous, lui dit-il ironiquement, vous pourrez vous reposer. Il vous faut beaucoup de repos pour vous remettre. Appuyez-vous sur moi, n'ayez pas peur, j'aime à rendre service.

– Lâchez-moi, je vous ordonne de me lâcher. Au secours! Au secours…

Deux gifles magistrales le firent taire.

Le petit groupe de voisins s'était augmenté de M. Zy et de la concierge. Tous le regardaient méchamment sans dissimuler leur joie.

– Mais je ne veux pas monter chez moi! Je vous donnerai n'importe quoi, tout ce que vous voudrez, laissez-moi…

L'homme qui le maintenait secoua la tête.

– Impossible. Vous allez regagner bien sagement votre appartement. Sans faire d'histoires, ou sinon gare. Vous savez ce qu'a dit le médecin, il vous faut du repos, vous allez en avoir. Vous verrez. Ça vous fera du bien. Allez, montez.

D'une prise savante, l'homme lui ramena le bras en arrière et commença à le tordre.

– On devient plus sage à présent ! On devient compréhensif ! C'est bien, continuez, allez, avancez. Encore, encore… un pas pour maman, un pas pour papa, allez, avancez.

Pas à pas Trelkovsky franchit la porte cochère, passa sous la voûte et gravit les étages. L'homme se moquait de lui.

– On ne voulait pas venir, hein ? Pourquoi ? Ça ne vous plaisait plus, chez vous ? Vous aviez trouvé autre chose ? C'est pourtant rare, de nos jours, les appartements. Avec reprise ? Un échange fictif, peut-être ? Bon, enfin moi, ça ne me regarde pas.

D'une bourrade, il envoya Trelkovsky s'étaler au milieu de la première pièce. La porte claqua. Une clé tourna deux fois dans la serrure.

Ce serait sans doute pour cette nuit.

XVII

LES PRÉPARATIFS

Trelkovsky se releva péniblement. Tout son corps était douloureux. Sa langue avait découvert une dent brisée et elle s'acharnait à en polir les bords. Il cracha un mince filet de sang par terre. Le filet de sang s'allongeait, s'allongeait du sol à sa bouche pour ne devenir qu'un fil, une ligne imaginaire qui refusait de se rompre.

La commode, l'armoire, les chaises étaient demeurées dans l'état où il les avait abandonnées. Un courant d'air venait par les vitres brisées. Les voisins ne l'avaient pas bâillonné. Ils avaient eu tort. Il emplit ses poumons d'air pour crier.

Il n'en eut pas le temps. Un torrent de musique se déversa de toutes les fenêtres de l'immeuble. Les postes de T.S.F. diffusaient la *Neuvième Symphonie* de Beethoven à pleine puissance. Il cria, mais ses appels se noyèrent dans le vacarme. Il voulut au moins ne plus entendre cette musique abhorrée, en vain. Elle se faufilait avec le courant d'air, profitant de l'absence des carreaux.

La *Neuvième Symphonie* explosait. Elle éclatait de joie stupide, d'une joie de grand-guignol. Neuf cents choristes et exécutants se réjouissaient de la mort prochaine de Trelkovsky. Un délicat hommage à Simone Choule, sans doute, puisqu'elle appréciait tellement Beethoven. Il fut submergé par la rage. Systématiquement il entreprit de détruire ce qui subsistait de Simone Choule. Les lettres et les livres. Il déchirait, réduisait en tout petits morceaux de papier ces documents qui l'avaient envoûté. Une irritation impuissante d'animal pris au piège le gagna. Il ne retrouvait plus sa respiration. Il se mit bientôt à hoqueter. Il alla chercher les incisives dans le trou. Ce furent deux canines qui roulèrent dans sa main. Il les regarda avec épouvante, puis courut les jeter par la fenêtre. Mais comme il se penchait pour les lancer le plus loin possible, son attention fut attirée par le spectacle qui avait lieu dans les W.C. en face.

Une femme qu'il n'avait jamais vue venait d'y pénétrer. Elle s'était baissée à genoux sur les empreintes de faïence et sa tête disparaissait dans le trou immonde. Que faisait-elle? Elle releva la tête. Son visage arborait une expression bestiale. Elle regarda fixement Trelkovsky et sourit de façon répugnante. Sans détacher ses yeux de lui, elle plongea la main dans le trou, la retira pleine d'excréments, et délibérément s'en barbouilla le visage. D'autres femmes pénétrèrent dans le réduit et toutes procédèrent de semblable manière. Le cabinet était plein maintenant d'une trentaine de femmes barbouillées. Un rideau noir fut tiré derrière le vasistas lui dérobant la scène.

Trelkovsky, les paupières lourdes, n'avait plus la force de fuir les sortilèges. Il savait qu'ils étaient destinés à saper sa résistance, mais il ne pouvait plus leur échapper. Il était trop faible, trop usé, trop malade.

C'était dans la cour que se déroulait la suite, maintenant.

Un voisin revêtu d'un bleu de travail circulait à bicyclette. Il décrivait des cercles et des huit. Chaque fois qu'il passait sous la fenêtre de Trelkovsky il lui adressait un large sourire et un clin d'œil. Une corde était attachée à la selle. La corde tirait un mannequin de cire figurant une femme. C'était un mannequin comme ceux qui servaient pour présenter les robes dans les vitrines. Le mannequin tressautait aux inégalités du terrain, les bras remuaient créant l'illusion de la vie. Mais rapidement la cire s'effritait, le mannequin s'usait au contact du sol. Comme rongé par un acide la femme disparaissait. Quand il ne resta plus que deux jambes derrière la bicyclette, le voisin fit un signe ironique à Trelkovsky avant de disparaître.

Après lui surgirent deux hommes portant un immense poisson empalé sur un bâton. Les deux hommes firent plusieurs tours de la cour, puis jetèrent à bas leur fardeau. Ils regardèrent droit dans les yeux de Trelkovsky. Sans voir ce qu'ils faisaient, ils vidèrent le poisson. Les entrailles s'amoncelaient, il y en eut vite un petit tas à côté d'eux. Ils rirent alors joyeusement et s'en parèrent les cheveux, ils se tressaient des couronnes d'entrailles de poisson, ils se les suspendaient aux oreilles, autour du cou. Comme de toutes jeunes filles ils s'éloignèrent en sautant à cloche-pied.

L'un des deux hommes réapparut presque aussitôt. Il souffla dans une immense trompe. Les sons qu'il en tirait ressemblaient à ceux produits par des pets.

Issu de la voûte un lion couronné s'avança. Il était évident que ce n'était qu'une peau cousue dans laquelle se trouvaient deux voisins. Sur le lion était monté le jeune garçon, déjà remarqué par Trelkovsky. Deux femmes vêtues de blanc se portèrent à la rencontre du lion. Elles s'introduisirent par une ouverture dans la peau, et aux soubresauts de l'animal, Trelkovsky comprit qu'une orgie devait se dérouler à l'intérieur. L'homme à la trompe saisit la queue du lion pour le tirer hors de vue.

Trois hommes masqués firent leur apparition. Trelkovsky remarqua avec horreur que l'un des masques lui ressemblait. Les trois hommes se figèrent en un tableau vivant, à la signification obscure. Ils demeurèrent ainsi près d'une heure. Le soir vint, puis la nuit.

Les sabots d'un cheval résonnèrent sous la voûte.

Trelkovsky tressaillit.

On venait de gratter à sa porte.

Déjà? Ce n'était pas possible, le bourreau était seulement en train de descendre de cheval. Une feuille de papier blanc fut glissée sous la porte. On chuchota quelque chose qu'il ne comprit pas.

On lui venait en aide? Il possédait un allié dans la maison? Il prit le papier avec méfiance. C'était une feuille de papier à lettres parfumé. Il la déplia soigneusement. Trois lignes étaient écrites d'une main de femme. Il ne put déchiffrer ce qu'elles disaient. Les caractères des mots devaient être sanscrits ou hébreux. Il demanda à voix basse à travers la porte:

– Qui êtes-vous?

Une réponse lui parvint, inintelligible. Il réitéra sa question, mais il ne perçut qu'un bruit de fuite furtive. On venait, sans doute.

Effectivement, quelques instants plus tard, une clé tournait dans la serrure.

XVIII

L'ÉNERGUMÈNE

Il faisait grand jour quand le corps de Trelkovsky bascula par-dessus l'appui de sa fenêtre. Il percuta la verrière toute neuve qui se brisa en une infinité d'éclats, puis il vint s'écraser sur le sol dans une pose grotesque.

Il était complètement déguisé en femme. Sa robe retroussée laissait voir l'attache de ses bas. Le visage était fardé, la perruque dérangée dans la chute dissimulait le front et un œil.

Les voisins accoururent. À leur tête, la concierge et M. Zy se lamentaient, en gesticulant de désespoir.

– Il n'a vraiment pas de chance, dit M. Zy. Hier un accident de voiture et aujourd'hui...

– C'est le choc d'hier qui est responsable !

– Il faut appeler Police Secours !

Un peu plus tard, un car de police et une ambulance s'immobilisèrent devant l'immeuble.

– Vous êtes abonné aux suicides, fit le chauffeur du car en serrant la main du propriétaire qu'il connaissait bien.

– Que voulez-vous ? Je venais juste de faire réparer la verrière !

Les deux infirmiers s'empressaient avec leur civière. Un médecin les accompagnait. Ils s'approchèrent du corps immobile. Le médecin remua la tête d'un air dégoûté.

– Tss… Tss… quelle mascarade ! Il s'est déguisé pour se suicider !

Soudain, sous les yeux stupéfaits des infirmiers, du médecin, des policiers et des voisins, le corps remua. La bouche s'ouvrit. Un peu de sang s'en échappa. La bouche articula :

– Ce n'est pas un suicide… Je ne veux pas mourir… C'est un assassinat…

M. Zy sourit tristement.

– Le malheureux jeune homme ! Il délire.

Le médecin secoua la tête, de plus en plus dégoûté.

– C'est bien le moment de tenir à la vie ! Si l'on veut vivre, on ne se jette pas par la fenêtre…

Avec plus de force la bouche de Trelkovsky affirma :

– Je vous dis que c'est un assassinat… on m'a poussé… je ne me suis pas jeté par la fenêtre…

– Mais oui, mais oui, fit le docteur. C'est un assassinat.

Les policiers ricanèrent.

– Il s'est jeté par la fenêtre parce qu'il était enceinte !

Le médecin n'apprécia pas cette plaisanterie. Il fit signe aux infirmiers de poser le corps sur la civière.

Avec une vigueur surprenante, Trelkovsky les repoussa. Il hurla d'une voix hystérique.

– Je vous défends de me toucher. Je ne suis pas Simone Choule !

Il se leva en vacillant, trébucha, reprit l'équilibre. Médusés les spectateurs n'osaient intervenir.

– Vous vous figuriez que tout se passerait le mieux du monde. Que ma mort serait propre. Vous aviez tort. Elle va être sale, dégoûtante ! Je ne me suis pas suicidé. Je ne suis pas Simone Choule. C'est un assassinat. Un horrible assassinat. Regardez, c'est du sang!

Il cracha.

– C'est du sang, et je salis votre cour. Je ne suis pas encore mort. J'ai la vie dure!

Il pleurnichait comme un jeune garçon. Le médecin et les infirmiers s'approchèrent gauchement.

– Allons, ne faites pas d'histoires, venez, on va vous soigner. Montez dans l'ambulance.

– Ne me touchez pas. Je sais ce que cachent vos tabliers blancs et votre propreté. Vous me faites horreur. Votre voiture blanche aussi me fait horreur. Vous ne parviendrez jamais à nettoyer toutes les saletés que je vais faire. Bande d'assassins! Bourreaux!

En titubant, Trelkovsky se dirigea vers la voûte. La foule des voisins lui livra le passage, terrifiée comme par un fantôme. Ricanant à travers ses larmes, Trelkovsky secoua son bras gauche ouvert. Il les aspergea de sang.

– Je vous ai sali? Pardon, c'est mon sang vous savez. Vous auriez dû ôter mon sang avant pour que je ne puisse pas vous salir. Vous aviez oublié ça, hein?

La foule le suivait à distance respectueuse. Les policiers interrogeaient le docteur du regard. Devaient-ils le faire taire de force? Le médecin fit non de la tête.

Le sang et les larmes gargouillaient dans la gorge de Trelkovsky.

– Essayez de m'empêcher de parler! Je vais faire des saletés!

Il hurla. Sa voix se cassait, mais reprenait immédiatement sur un ton plus aigu.

– Bourreaux! Assassins! Je vous assure que je vais faire du bruit! Un beau scandale! Essayez de me faire taire! Vous pouvez taper aux murs, ça m'est égal!

Il crachait dans toutes les directions, aspergeant ceux qui s'étaient trop rapprochés de sang et de salive.

– Bourreaux! Assassinez-moi pour me faire taire! Mais je vous tacherai, prenez-y garde.

Toujours titubant, il était parvenu au bas de l'escalier. Il entreprit de gravir les marches. Les voisins s'étaient enhardis.

Ils se trouvaient juste derrière lui à présent.

– N'approchez pas, ou je vais vous salir!

Il leur cracha dessus. Ils reculèrent précipitamment.

– Faites attention à vos beaux costumes du dimanche! Allez mettre vos rouges de travail, vos rouges d'assassins. Sinon le sang va se voir. Ça s'en va difficilement, vous savez? C'était mieux la dernière fois, n'est-ce pas? mais je ne suis pas Simone Choule!

Il était arrivé au premier étage. Il cracha sur sa paume ouverte et en barbouilla la porte de gauche.

– Bourreaux! Essayez d'enlever ça! C'est sale, hein?

Il se dirigea péniblement vers la porte de droite. Il promena dessus son bras sanglant, puis cracha sur la poignée. Un morceau de dent tomba de sa bouche.

– Ah! Ah! vous allez être propres après ça!

Les voisins grondaient derrière lui. Il déchira le haut de sa robe et se griffa profondément la poitrine. Le sang se mit à couler de la plaie. Il en recueillit dans sa main gauche et la secoua au-dessus du paillasson.

– Il faudra changer le paillasson. Il y a du sang dessus.

Il tomba à quatre pattes pour grimper l'escalier du deuxième étage. Il laissait de grandes traînées de sang sur les marches.

– Il faudra changer l'escalier, il y a du sang dessus! Vous n'arriverez jamais à nettoyer tout ce sang.

Un voisin lui attrapa sournoisement le pied pour le tirer en arrière.

– Bas les pattes, assassin !

Il souffla comme un chat en colère puis lui cracha au visage. Le voisin lâcha le pied et s'essuya vivement la figure.

– Si vous vous y frottez, vous allez vous tacher. Qui aime le sang ? Quoi ? Personne ? Vous mangez pourtant vos biftecks bien saignants, vous raffolez du civet de lapin au sang, vous vous délectez du boudin, vous appréciez aussi le sang du Seigneur, non ? Alors pourquoi ne désirez-vous pas du bon sang de Trelkovsky ?

Au deuxième étage, il souilla également les portes de sang et de salive.

Les policiers, en dépit de l'ordre du médecin, tenaient leur matraque à la main, ils brûlaient du désir de faire taire l'énergumène. Mais la foule compacte des voisins les empêchait d'intervenir. Elle bouchait le passage. Ils tentèrent de les écarter, mais les voisins ne se laissaient pas manœuvrer. Ils grondaient et montraient les dents. Le médecin et les infirmiers n'allèrent pas plus loin. Ils ne tenaient pas à participer à cette pénible comédie, ils se mirent à échanger leurs impressions avec les policiers. Au troisième étage, les voisins entourèrent Trelkovsky. Des instruments brillants luisaient dans leurs mains. Des instruments à lame coupante d'aspect chirurgical. Ils repoussèrent Trelkovsky dans sa chambre.

– Alors, on aime quand même le sang ? Où est M. Zy ? Ah, il est là ! Avancez, avancez, monsieur Zy pour avoir votre part. Et la concierge ? Bonjour, madame la concierge ! Et Mme Dioz ? Bonjour, madame Dioz ! Vous venez vous offrir une pinte de bon sang !

Il éclata d'un rire dément. Les instruments luirent dans

les mains des voisins. Une tache de sang s'élargit sur son bas-ventre...

Le corps de Trelkovsky bascula une seconde fois par-dessus l'appui de la fenêtre pour venir s'écraser parmi les débris de la verrière, dans la cour.

ÉPILOGUE

Trelkovsky n'était pas mort, pas encore.

Il émergeait très lentement d'un abîme sans fond. À mesure qu'il revenait à lui, il reprenait conscience de son corps et ressentait sa douleur. Elle venait de partout, de toutes les directions à la fois pour se jeter sur lui comme un chien enragé. Il ne se crut pas capable d'y tenir tête. D'avance il s'avouait vaincu. Mais sa propre résistance le surprit. La douleur s'acharna, pourtant elle s'atténuait vague après vague pour disparaître complètement.

Épuisé par le combat, il se rendormit. Des voix le tirèrent du sommeil.

– Elle est sortie du coma.

– Elle a encore une chance de s'en tirer.

– Après tout ce qu'elle vient de subir, ce serait de la chance !

– Elle a épuisé notre réserve de sang !

Doucement, avec d'infinies précautions, il ouvrit un œil… Il distingua des silhouettes floues. Des ombres blanches qui se mouvaient dans une pièce blanche. Il devait se trouver à l'intérieur d'un hôpital. Mais de qui donc s'entretenaient les silhouettes ?

– Elle a perdu énormément de sang. Il est heureux que son groupe sanguin ne soit pas rare… Sinon…

– Il faut lui surélever un peu plus le bras. Elle sera mieux.

Il sentit qu'on exerçait une traction sur un de ses membres, très loin de lui, à des kilomètres. Il se sentit effectivement mieux. Ainsi, c'était de lui dont il avait été question dans les phrases qu'il avait surprises ! Pourquoi se servait-on du féminin pour le désigner ?

Il y réfléchit longuement. Il avait beaucoup de difficulté à rassembler ses idées. Parfois, il continuait de réfléchir, sans se souvenir à quoi. Son cerveau tournait à vide, puis cela lui revenait, il reprenait avec peine le cours de ses raisonnements.

Il supposa que l'on se moquait de lui. On affectait d'en parler comme d'une femme pour tourner en dérision le travesti dont il s'était affublé. On le ridiculisait au mépris de toute justice. Il les détesta avec une telle violence que sa vue s'obscurcit. Des tremblements nerveux le parcoururent réveillant sa douleur assoupie. Il s'abandonna à la souffrance.

Plus tard, il alla mieux. Il se trouvait dans une autre pièce blanche beaucoup plus vaste que la précédente. Il lui était toujours impossible de bouger. Dans son angle de vision il apercevait d'autres lits contenant des formes allongées. D'un seul coup, la salle se remplit d'hommes et de femmes qui se disséminèrent autour des lits.

Quelqu'un marcha près de lui, il perçut un froissement de papier. On venait de poser un paquet à sa gauche sur la table de nuit. Puis il vit l'homme lorsqu'il s'assit.

Il était sans doute en train de délirer. Heureusement qu'il en avait conscience sinon il aurait cédé à l'affolement. L'homme lui ressemblait trait pour trait. C'était un autre

Trelkovsky qui se trouvait assis à son chevet, silencieux et morne. Il se demanda s'il y avait vraiment un homme assis que sa fièvre transformait, ou bien si l'apparition était entièrement inventée. Il se sentait disposé à examiner ce problème. La douleur avait pratiquement disparu. Il était plongé dans un état cotonneux qui n'était pas désagréable. C'était comme s'il avait découvert par hasard un équilibre secret. Loin de l'épouvante ; sa vision le rassurait. L'image était réconfortante car elle semblait issue d'un miroir. Il aurait tant aimé se voir ainsi dans un miroir !

Il entendit chuchoter, puis une tête s'encadra dans son champ visuel. Ce visage il le reconnut tout de suite, c'était celui de Stella. La bouche retroussée par un sourire qui dévoilait deux canines de taille anormale, elle articula lentement, comme s'il avait du mal à comprendre la langue qu'elle employait :

– Simone, Simone, tu me reconnais ? C'est Stella qui est là... ton amie Stella, tu me reconnais ?

Un gémissement monta de la bouche de Trelkovsky, étouffé d'abord, puis s'enflant pour finir en un cri insupportable.

TABLE

PREMIÈRE PARTIE
Le nouveau locataire

I	L'appartement	*13*
II	L'ancienne locataire	*21*
III	L'installation	*29*
IV	Les voisins	*36*
V	Les mystères	*46*
VI	Le cambriolage	*57*

DEUXIÈME PARTIE
Les voisins

VII	La bataille	*71*
VIII	Stella	*80*
IX	La pétition	*89*
X	La maladie	*98*
XI	La révélation	*106*

TROISIÈME PARTIE
L'ancienne locataire

XII La révolte 115
XIII L'ancien Trelkovsky 124
XIV Le siège 131
XV La fuite 139
XVI L'accident 146
XVII Les préparatifs 154
XVIII L'énergumène 158

Épilogue 165

Chez d'autres éditeurs

Portrait en pied de Suzanne, Denoël, 2000;
Folio n°3601, 2001.
Four roses for Lucienne, Bourgois, 1998.
L'hiver sous la table, L'Avant-scène théâtre, 1997.
Jachère-party, Julliard, 1996.
Vous savez, moi sans mes lunettes, Jannink, 1992.
Journal in time, Ramsay, 1989.
Les Combles parisiens, Séguier, 1989.
Joko fête son anniversaire, Imprimerie nationale, 1989.
Taxi stories, Éditions Safrat-Lire c'est partir, 1987.
La plus belle paire de seins au monde, Pré-aux-Clercs,
1986.

Cet ouvrage
a été reproduit et achevé d'imprimer
en août 2011
dans les ateliers de Normandie Roto Impression s.a.s.
61250 Lonrai
N° d'imprimeur : 11-3030

Imprimé en France

Dépôt légal: septembre 2011
I.S.B.N.: 978-2-7529-0593-2